JN067027

掌編　源氏物語

馬場あき子

潮文庫

掌編　源氏物語【目次】

装丁　仁川範子
装画・挿絵　『現代の源氏物語絵』（提供・香老舗 松栄堂）
本文デザイン　株式会社 明昌堂

掌編

源氏物語

第一帖　桐壺《きりつぼ》

光源氏元服

いつの頃であったか、帝《みかど》の御寵愛《ちょうあい》を一身に集めていた更衣《こうい》があった。更衣というのは、本来は帝の衣服を管理する職掌《しょくしょう》であるが、ごく側近にお仕えする立場上、帝の御寵愛の対象となりやすく、一般的にはじっさいの職掌をはなれて、后妃《こうひ》につぐ地位の方と考えられている。

この御寵愛の更衣の皇居での住まいは桐壺《きりつぼ》にあったので桐壺更衣とよばれていた。帝の一の后《きさき》は弘徽殿女御《こきでんのにょうご》である。桐壺更衣はこの女御をはじめ、後宮《こうきゅう》におられる多くの女性たちの嫉視《しっし》の中で玉のような男御子《みこ》をお産みになった。帝の愛はいっそう深まったが、多くの女性たちの嫉妬《しっと》もいよいよ激しくなり、さまざまないやがらせもはじ

「桐壺」の巻に、　水田慶泉

十二歳の元服の源氏を描かれた水田慶泉氏は、
気品高い貴種《きしゅ》の少年の背後に
華麗と暗鬱の色彩を抽象的に彩って、
これからのドラマの暗示とされたという。

まった。それに耐えかねた桐壺更衣は病にたおれ、お里に下ったが介抱も空しく、ついに亡くなってしまった。

帝の悲しみはたとえようもなく、あの「長恨歌《ちょうごんか》」の中で楊貴妃を失った玄宗皇帝のような悲しみようである。やがて帝は、勅使《ちょくし》をつかわして更衣の母君に御文を賜《たま》わったが、そこには「宮城野の露吹きむすぶ風の音に小萩がもとを思ひこそやれ」という御歌もあって、深く「小萩」(若君)のことを案じておられる真情がうかがえるものであった。母君もそのことが一番の心配の種であったから、御返歌を書きつけた。「荒き風ふせぎしかげの枯れしより小萩がうへぞ静心なき」。桐壺更衣亡きあとの若君の庇護を帝に訴えているのである。

若君が六歳の年、養育に当たっていた更衣の母君も亡くなったので、若君は以後、父君の桐壺帝のもとでお暮らしになることになる。七歳から学問にも励まれたが、その才《ざえ》は恐ろしいほどで、漢字はもちろんのこと、琴・笛のような趣味、教養に至るまで、すべてぬきんでて宮中の評判になるほどであった。こうしてすくすくと成長される若君は誰からも愛されたが、そのかがやくような美しさは、いつしか「光君」という愛称でよばれるようになってゆく。帝は若君を熱愛したが、母方の後ろ楯《だて》のない将来を考え、高麗《こま》の相人《そうにん》の意見を入れて、源氏の姓を賜わって臣下に降《くだ》す決意をされる。

その頃、帝は亡き桐壺に生き写しの先帝の四宮を女御の一人に加え、藤壺《ふじつぼ》に住まわせられた。幼い光君は帝と一緒に藤壺のもとにも参り、幼いゆえと御簾《みす》の中まで許されたが、そのために自《おの》ずと母の面影を藤壺にみるようになった。しかし、光君は十二歳で元服し、その夜、左大臣の女《むすめ》で四歳年長の葵上《あおいのうえ》と結婚する。元服して源氏となった光君は、もはや藤壺と会うことはできない。そして母の面影を慕う源氏の心は、いつしか藤壺を女性として思慕する方向に動いていくのだった。

第二帖　帚木《ははきぎ》

雨夜の品定め

源氏は十七歳になった。内裏《だいり》に上る時は亡き母桐壺の居られたところをそのまま自室として使っておられたが、ある五月雨《さみだれ》の降りつづく夜、その部屋に葵上《あおいのうえ》の兄であり、何事につけても源氏の親密な競争相手である頭中将《とうのちゅうじょう》がやってきて、源氏のもとに来ている恋文に目をつけ、女性の話に花が咲く。世の好き者として名高い左馬頭《さまのかみ》や、藤式部丞《とうのしきぶのじょう》というような人々も集まってきて、上・中・下の女性の噂をリアルな経験譚をまじえて論じはじめた。

左馬頭は何も上流だけによい女性がいるわけではないと言い出し、自分がつき合っていた女性の話を例にしながら、結局女性は実直なのが妻としては第一だと言い、頭

石川義氏の絵は、　　　　　　　　　　　　　　　　　石川義

空蟬の部屋に忍んだ源氏が、
「暁にお迎えにおいで」と言って障子を閉めたあと、
女たちがどうしたものかと話し合っているところを
描かれたという。

中将は、可憐で美しく、控え目だった女性との間に女の子まで生まれたのに、ふと油断しているうちに行方《ゆくえ》がわからなくなってしまい、控え目も時と場合によりけりだと残念がる。また藤式部は、学問ある知的な賢女とつき合っていたが、しだいに閉口してしまった話をした。三人の一致した意見は、万事に心得をもちながら、つつましく、人の応対がソフトでやさしいのがいいということになったが、源氏はあの藤壺女御のことを心に置きながら興味深くこれらの女性論を聞いていた。

翌日、源氏は方違《かたたが》い（天一神《なかがみ》という神の遊行《ゆぎょう》の方角を避けて居場所を変えること）のため、中川のほとりにある紀伊守《きのかみ》の邸に一泊することになった。紀伊守はよく仕えてくれる家司の一人で、邸はなかなか瀟洒《しょうしゃ》な田舎風を取り入れて風流に造られており、水の辺りに蛍の飛び交うような風の涼しい家であった。源氏はそこで、噂にきいていた紀伊守の父伊豫介《いよのすけ》の若い後妻、空蟬《うつせみ》と出会う。

老人には不似合な美しい人妻は、方違いの客に部屋を提供したため、思いがけぬ近い所に仮臥《かりぶし》していたのだった。源氏はまんまとその部屋に忍んでいった。しかし、一夜語り明かした空蟬の心はかたく、恋にはそれぞれ似合わしい身分というものがあるといって源氏と再び逢うことを拒んだ。しかたなく源氏は紀伊守から空蟬の幼い弟、小君《こぎみ》を近侍《きんじ》としてもらい受け、空蟬に文を届けさせたが、空蟬は動揺する心を隠し、ついに返事をしなかった。

源氏はもういちど中川の宿に泊まる口実をつくったが、空蟬はそのことを知ると、小君が源氏を手びきできないように部屋をかえ、やっと尋ねてきた小君にも、こうしたよこしまな恋の仲だちをすることをきつく戒めるのだった。源氏は類《たぐい》まれな空蟬の心を、「帚木《ははきぎ》の心を知らでそのはらの道にあやなくまどひぬるかな」と詠んで、「帚木」のように遠くからは見えていながら近寄ると見えない、そんな空蟬にかえってひかれてゆく心を不思議に思った。

第三帖　空蟬《うつせみ》

空蟬の悩み

源氏は紀伊守の中川の宿で一夜をともにした女のことが気になっていたが、折ふし紀伊守が任国に下った留守をよいことに、小君に案内をさせてその邸を訪れた。女のもとには紀伊守の妹が遊びに来ており、二人の女が囲碁に興じている姿をのぞき見することができた。

源氏が心にかけていた人は意外に小柄なほっそりした人で、こんなに打ち解けた場でも用心深く、顔はもちろん手先までも人に見られないよう振舞っている。目は少し腫《は》れぼったく、鼻筋は通っているともいえず、器量よしとはとてもいえない。一方の女性はと見ると、たいそう大らかで開放的だ。夏とはいえ着るものなどもざっくりと

広田多津氏は　　　　　　　　　　　広田多津
空蟬が源氏の気配に
単衣《ひとえ》ひとつをまとって逃れ出る風情を
能舞のタッチで描かれたという。

無造作に着て、色白でふっくらと肥え、胸もともあらわに、まなざし、口もとなどじつに華やかな可愛い女《ひと》だ。

いつも引きつくろった女ばかり見馴れていた源氏は、こんな無邪気な天衣無縫《てんいむほう》のひともいいなあと心ひかれる。

夜更けて源氏は女の部屋に忍んでいった。二人は一部屋に臥《ふ》せっていたが、囲碁にはしゃいでいた女はすっかり打ち解けて寝入ってしまった。もう一人は心なしか一夜をともにした源氏とのその後のことなどを思い悩み、よくも眠りにつけずにいた。そこに思いがけずよい匂いの衣《きぬ》ずれの音がして、やわらかくにじり寄って来る気配がする。女はもしやと思いながらも、とっさに生絹《すずし》の単衣《ひとえ》ひとつを身にまとうと、するりと寝床を抜け出した。

源氏は、見ると女が一人で寝ているので、そっと傍らに添い臥をされた。思っていたより少し大柄なので、「これはおかしい」と思うまもなく人違いに気づく。しかし、こんな場合、人違いされた女の心を思いやると、つれなくもてなすことは到底できない。しかも相手はすでにのぞき見して知っている可愛らしいひとである。源氏は上手に言いつくろって、かねてからお会いしたいと思っていたと拵《こしら》え話をする。源氏は一夜を過ごして帰る時、あの心憎い女が脱ぎすべらかしていった衣をそっと抱き隠して持ち帰った。二条院に帰ってもなかなか心は静まらない。硯《すずり》を取り寄せ、懐紙《ふところがみ》に手習いのように歌を書いては慰めきれない思いを紛らすのだった。

空蟬《うつせみ》の身をかへてける木のもとになほ人がらのなつかしきかな

（空蟬の殻だけを残して行ってしまったあなた、でもその木の下に佇《た》てば、やっぱりその人がら〈殻〉はなつかしいなあ）

小君はこんな歌がすさび書きされた懐紙を姉に届けた。空蟬の女は弟のませた手びきを叱りながら、さすがに源氏の歌が身にしみて、その端に「空蟬の羽《は》におく露の木がくれてしのびしのびにぬるる袖かな」と書きつけるのだった。この歌は昔伊勢御《いせのご》とよばれた女房が貴い人から愛された時の悩ましい歌で、空蟬は今、そっくりそんな思いなのである。

第四帖

夕顔《ゆうがお》

はかない夕顔の死

空蟬《うつせみ》の女につらい思いをした頃、源氏は六条あたりによくお出掛けになった。そこには前東宮《さきのとうぐう》の御《み》息所《やすんどころ》のお住まいがある。秋めく夕暮れ、源氏はそこに行く途中にある乳母の家を訪《おとな》うと、隣家の板垣に白い顔花《かおばな》がほっかりと咲いていた。「あれは何という花か」と問う源氏に、従者は夕顔という花の名を告げ、この花は上流の家の庭には植えない花だと告げる。夕顔の家の女は白い扇に花をのせ、「心あてにそれかとぞ見る白露の光そへたる夕顔の花」(当て推量に源氏の君と思っています。露の光まで添うた夕顔のような君を)という歌を届けた。

源氏は心ひかれて、「寄りてこそそれかとも見めたそかれにほのぼの見つる花の夕

「夕顔」を描かれた磯田又一郎氏は京都の人。　磯田又一郎
今も下京の「夕顔町」とよばれるあたり、
富江家の坪庭《つぼにわ》に夕顔塚がある。
そのあたりの雰囲気から、
夕顔の幻想が浮かんできたといわれる。

顔」（もう少し近く寄ってこそ夕顔が誰かはわかるはずでしょう）と手すさびのように返歌をかきつけ、やがてこの家に通うようになった。八月十五日の夜、夕顔の宿に泊まった源氏は、貧しい周辺の生活の声も届いてくるその住まいを抜け出して、二人だけの愛の時間を持ちたいと思い、五条わたりにある所領の古い別荘に女を伴った。

何事にも逆らわぬなよやかな女だったが、このたびはとても不安がって、「山の端の心も知らで行く月はうはの空にて影や絶えなむ」（源氏のお心のほどもまだよく知らぬまま従ってゆく月は、途中で影が消えてしまうのでは——）という歌を詠んだ。別荘は荒れていたが、源氏の心配りのやさしさに、不安がった女の心もしだいに解けてゆくのだった。

その夜、二人が少し寝入った頃、夢うつつのように枕もとに美しい女があらわれ、源氏がこうして身分もない女を愛することを怨《うら》み、夕顔の女を引き起こそうとした。物《もの》の怪《け》におそわれるような思いで目を覚ますと、その一瞬灯も消えた。源氏は魔除《まよ》けのため太刀を抜いてそこに置き、手をたたいて人をよんだが谺《こだま》が返るばかりである。

ようやく人々が起きて灯を持ってかけつけると、女の枕もとにあの夢の女が居て、幻のようにふっと消えた。そして傍らに臥《ふ》していた女はそのまま息が絶えてしまったのである。風が吹き、梟《ふくろう》が鳴いていた。源氏は側近の惟光《これみつ》を召して内密に葬送のことを相談し、とりあえず遺体を莫蓙《ござ》に包んで車に乗せた。さっきまで愛《め》で撫《な》でていた美しい髪がその莫蓙からはらはらとこぼれ出る。

源氏は自分の軽率から愛する人の運命を狂わせ死に至らしめたことを悔やむあまり、ついに病床に臥す身となった。この夕顔の宿の女は、じつは雨夜《あまよ》の品定《しなさだ》めに頭中将《とうのちゅうじょう》がその行方を気にしていた内気な女その人で、頭中将との間にはすでに女の子をもうけていたのである。夕顔の亡きのち、空蟬は夫と伊予に下ってしまい、源氏はいっそうの寂寥《せきりょう》を味わうのだった。

第五帖

若紫《わかむらさき》

ゆかりの美少女

源氏は夕顔に死なれたあと瘧病《わらわやみ》をわずらい、北山の奥に入って療養することになった。京の桜は終わっていたが山の桜はまだ盛りであった。

源氏は山の聖《ひじり》の祈禱《きとう》の効果があってか瘧《おこり》も鎮まったので、春の夕霞《ゆうがすみ》にまぎれて近くの由緒ありげな小柴垣《こしばがき》をめぐらした家をのぞいてみると、清《きよ》げにしつらえた室に上品な尼君が経を読んでいる。その庭には可愛い女の子がたくさん出入りして遊んでいる。その中に、ほかの子とは比べられないほど美貌の十歳ほどの女の子が、白や山吹の色のやわらかなきもの姿で走ってきたが、扇《おうぎ》を広げたようにゆらめくその髪の何という美しさだろう。しかも少女は、思慕する藤壺女御にあまりにも似ているので、源氏は

小松均氏の
幼い紫の姫君の絵は、
初恋の人おりうちゃんの
面影を追って描かれたという。

小松均

目がはなせなくなってしまった。

　この尼君は按察使大納言《あぜちのだいなごん》の未亡人で、その姫君と藤壺の兄である兵部卿宮《ひょうぶきょうのみや》との間に生まれたのがこの幼い姫である。藤壺に似ているのは当然であった。母君は早世し、祖母の尼君が養育していたのだ。源氏はこの姫の心細げな境遇を思うと、藤壺の代わりに自邸に引き取り、理想の女性に育ててみたいと思うようになった。

　尼君は姫が幼すぎるといって強く断ったが、源氏は諦めなかった。そんな時、藤壺が里に退出することがあり、源氏はこの機会にぜひお逢いしたいと、藤壺に近侍する王命婦《おうのみょうぶ》に案内をさせて許されぬ一夜を明かしてしまう。藤壺は懐妊し、深い悩みを抱いたまま宮中に帰った。源氏も恐ろしい罪におののいたが、藤壺への思いはいよいよ忍びがたいものになっていった。そうするうち尼君が亡くなられ、姫君は父の兵部卿宮に引き取られようとする。源氏は決意して、ある夜北山を訪れ、強引に姫君を二条院（源氏邸）に連れてきてしまった。はじめは事の成り行きにおびえていた姫君だったが、都風の邸の美しさも気に入り、同年輩の幼い侍女たちに囲まれながら新しい暮らしに馴染んでいった。源氏は何日も参内《さんだい》さえせず、姫君のご機嫌を取りながら、教え、かつ遊んで、姫をなつけていくのだった。

ねは見ねどあはれとぞ思ふ武蔵野の露わけわぶる草のゆかりを　源氏

（まだご一緒に寝てはいませんが、武蔵野の紫草の色に似ている「藤壺」のゆかりの姫がいとしくてならないのですよ）

こんな歌を書いた紙を見せて、「さあ、姫もおかきなさい」と言うと、「まだよくかけないの」と甘えながら、それでも横を向いて幼げに筆をもつ。「かきそこないよ」と隠すのを取りあげてみると、

かこつべきゆゑをしらねばおぼつかないかなる草のゆかりなるらむ　紫君

（お歎《なげ》きになっているわけがちっともわからないわ。その上、紫のゆかりって何かしら。何のご縁でこんなにご親切なのでしょう）

と書いてある。子供らしい伸びやかさで、ふくよかな筆跡はこれからが楽しみである。源氏はとても満足に思うのだった。

第六帖

末摘花《すえつむはな》

末摘花のちぎり

夕顔に死なれた源氏は心の寂寥を慰めきれぬ日々を送っていた。そんな時、乳母の一人である大輔命婦《たゆうのみょうぶ》が、今は亡き常陸宮《ひたちのみや》の姫君が、後見する人もなく琴《きん》（七絃琴）を友とするさびしい日々を送っているという話をした。

源氏は心動かされ、おぼろな十六夜《いざよい》の春の闇に紛れて姫君の琴の音を立ち聞きした。邸の庭は荒れていたが、梅の花は今を盛りと咲き匂い、琴の音は場所がら心にしみる音をもっていた。ところが、姫君の琴を忍び聞きした者がもう一人いたのである。源氏がどこへ行くのかと、そっと後をつけてきた頭中将《とうのちゅうじょう》である。

こんなことから、はからずも二人は常陸宮の姫君を争うことになる。互いに消息を

曲子光男

曲子光男氏は、
この紅梅の歌にこめた複雑な
源氏の思いを描かれた。

送ってみるが一向に反応がない。こうなったら熱意の強いほうが勝ちとばかり、源氏は秋の遅い月が上るころ姫君の邸を訪れ、ついに一夜のちぎりを結んだ。源氏は姫の寡黙も、世なれぬ応対も、すべて宮家の深窓に育ったためと許容したが、どうも一点、時代おくれな古めかしさが気になって、まあ気長に面倒をみるしかないと思うのだった。

その後、帝の父君の御賀のため、源氏は公務に忙殺されて姫君を訪れる折がなかったが、ようやく暇を得た冬、それは雪の激しく降る夜であったが、久しぶりで姫君のもとに泊まった。もともとは舶来の極上の調度などもすっかり古びてみすぼらしく、人々の衣裳もよごれくすんで、どこか零落の気配が漂っていた。

翌朝、源氏は積った雪の庭を眺めながら、はじめて姫君の顔を明るさの中で見てびっくりした。その鼻は高く大きく、その先は寒さで紅く色づき、血の気の少ない青ざめた顔のまん中にでんとすわっていたのである。ただ、さすがに髪だけは美しく、源氏がすばらしいと思う高貴な方々の誰にも劣らず、丈に余って一尺はあろうというみごとさであった。けれど源氏の失望が癒されたわけではない。

なつかしき色ともなしに何にこのすゑつむ花を袖に触れけむ
（なつかしいという人柄でもなかったのに、何でこの末摘花〈紅花〉のように花〈鼻〉の紅い人とちぎりを交わしてしまったのか）

こんな歌を詠んで気を紛らしていた。
正月になった。源氏はそれでも律儀に末摘花の許《もと》を訪れて一泊した。二条院に帰ってみると紫の君は可愛い盛りで、源氏は一緒に雛遊びや絵をかく遊びに興じるのだった。源氏はふと人悪くも末摘花らしい人の絵をかき、鼻先を紅く彩ったり、自分の鼻にまで紅を塗って、「ああ大変、落ちなくなった」などとふざけて、紫の君を心配させて遊ぶのだった。庭には紅梅が美しい。源氏は嘆息しつつ歌を詠んだ。

くれなゐの花ぞあやなくうとまるる梅のたち枝はなつかしけれど
（紅の花〈鼻〉はわけもなく厭わしいよ。気高い梅枝はいいのだがなあ）

第七帖

紅葉賀《もみじのが》

青海波の舞

桐壺帝の父君は一院として朱雀院《すざくいん》に居《お》られたが、その年の御賀を帝の行幸を得て紅葉の美しい十月半ばに催すことになり、人々は準備に忙しかった。帝はせっかくの催しも朱雀院で行われるのでは藤壺もご覧になれずさびしいだろうと、宮中でその日の予行の試楽《しがく》を催されることにした。

源氏は頭中将《とうのちゅうじょう》を相手に「青海波《せいがいは》」を舞ったが、折からの入日のかがやきを受けて舞う源氏はこの世の人とも思われぬ美しさであった。人々は賞《め》でまどい、感動の涙を流した。帝は成果に満足して藤壺に「いかがごらんになりましたか」と言葉を向けられたが、藤壺はひそかな動悸を抑えてただ「格別でございました」と言葉少なに答えら

小川立夫氏は、紅葉を挿頭《かざし》にした源氏が、 小川立夫
青海波を舞う姿を描かれた。
箔のかがやく夕光の表現の中で、
紅葉を踏みつつ舞う姿は
大和絵の手法を思い出しつつ描かれたという。

れた。

やがて藤壺はお産のため三条宮に退出された。年も明けて二月十日あまり、藤壺は皇子を出産された。皇子はすでに源氏に瓜二つで、藤壺はそのことに心を痛めた。

四月になって若宮は宮中に参られたが、帝は藤壺と源氏のあやまちなどゆめにも思いつかぬことなので、ただ、美しい人は小さい時からこういうものだとお思いになる。ある時帝は若宮を抱いて、「小さい時のそなたに何ともよく似ているよ」と仰せられた。源氏は顔色も変わるほどの衝撃を静めながら、恐ろしくも、かたじけなくも、うれしくも、あわれ深くも、複雑な思いに涙がこぼれそうになるのを耐えていた。

ある日源氏は、紫の君の部屋に笛を吹きながら出掛けていった。女君は源氏の訪れが乏しいことに少し拗《す》ねていたが、箏《そう》の琴を取り寄せて教えつつ笛を合わせてみると、筋のよい手で、むずかしいところもすぐ覚えてしまう。源氏は例のように夜のお出掛け所もあったのだが、女君の可愛らしい拗ね方に魅《ひ》かれてここに泊まることにした。

帝は源氏が正室のほかに自邸に女を迎えたという噂をきき、それとなく意見をされたが、夫婦仲がうまくいっていないことも察しられて気の毒にも思われるのだった。

その頃源典侍《げんのないしのすけ》という老女があった。身分といい心ばせといい申し分ないのだが、一点あだめいた性格が年をとっても消えない。ふとしたでき心に源氏が言い寄ってみると、年のほども忘れて心を寄せてきた。それを物好きな頭中将に知られ、おもしろがって頭中将も通う人となる。ある夜、源氏と典侍の逢瀬《おうせ》の夜、あいにくに頭中将が忍んできて、二人の臥《ふ》す所にまで立ち入ってきた。源氏はそれと知って、脅しにかかる中将と半ばふざけながらの揉《も》み合いになり、互いに衣服は破れなどして散々な姿になって笑いあった。青春の挑み心ははてしもないものなのである。

第八帖 花宴《はなのえん》

右大臣の六の姫君

源氏が二十歳の春のことである。皇居の南殿に花の宴が催され、人々は韻字を賜わり詩作を競いあった。そのあと、さまざまな楽の用意もあったが、東宮のお望みによって源氏は「春鶯囀《しゅんのうでん》」を、頭中将《とうのちゅうじょう》は「柳花苑《りゅうかえん》」を舞って人々を感動させ、帝は御衣《おんぞ》を御下賜になった。

その夜、更けてから月の明るさに誘われた源氏が弘徽殿《こきでん》のほうへそぞろ歩きして行くと、折しも若やかな美しい声で「朧《おぼろ》月夜に似るものぞなき」と口ずさみつつ歩いてくる女性がある。並々の人とも思えぬうれしさにふと袖を捉えて、そのまま細殿《ほそどの》に抱き下ろし戸を閉めてしまった。

木村廣吉

木村廣吉氏は几帳越しに六の君に迫る
源氏を描いておられる。
几帳の垂れ布が揺れ歪み、
大胆な源氏の迫力が
静かな景の中にやわらかに示されている。

女は驚き、恐れおののいたが、言葉のはしに源氏であることを知って少しは安堵《あんど》したものの、悩ましく、思い乱れた一夜が明けてゆく。女の名を知りたいと思うのだが、女は名乗らず艶《えん》な怨みの歌を詠んだ。源氏も女の立場を思い、やさしい返歌を詠む。

うき身世にやがて消えなば尋ねても草の原をば問はじとや思ふ　　女

（こんなにつらい身となった私が、このままこの世から消えてしまったなら、あなたは名も知らぬ女として草の原を分けてまで尋ねてはくださらないでしょうね）

いづれぞと露のやどりをわかむまに小笹が原に風もこそ吹け　　源氏

（あなたがどこのどなたなのかと、はかない露の宿りを尋ね当てようとするうちに、小笹原に風が吹くように噂が立って、今日の御縁が絶えはせぬかと、お名を知りたく思うのです）

二人は夜明けのあわただしさに、ただ扇を交換して別れた。

翌日、人に探らせてみると、弘徽殿から退出した女車が、右大臣家の人々に送られて帰ったことがわかった。源氏は政治の場で対立関係にある家の姫君であったことを知り、今後の逢いの困難さを思って胸のつぶれる思いであった。

その後源氏は右大臣家の藤の宴に招かれた。右大臣邸はその家の好みとして、深みあるゆかしさより、はなやかな今めかしさを表に立てた優美な雰囲気の所である。招かれた人々は誰も誰も黒衣の正装であったが、源氏は桜襲《がさね》の唐《から》の織物の直衣《のうし》に、葡萄《えび》染《ぞめ》の下襲《したがさね》の裾を長く引いて、しゃれた〈おおきみすがた〉の略装で、かしずかれながら通ってゆく。その美しさには花の匂いも気圧されるほどであった。

管絃の遊びも夜更けるままに、源氏は酔いすぎたようすをよそおい、右大臣家の姫君たちが住む部屋のほうに行ってみた。空薫物《そらだきもの》の香が濃く漂い、はなやかな衣《きぬ》ずれの音がする。源氏は当てずっぽうに、「扇を取られつらいめを見ています」と言ってみると、深く溜息をつく女君の気配がする。源氏は迷わず几帳《きちょう》越しにその人の手を捉えた。この姫君は弘徽殿女御の妹で、右大臣家の六の君、近く東宮にお輿入れするはずの方であった。

第九帖　葵《あおい》

葵上の出産と死

　桐壺帝は弘徽殿《こきでん》の后《きさき》がお産みになった東宮に位を譲り、のどかな立場に退かれた。斎宮《さいぐう》や斎院《さいいん》なども新たに卜定《ぼくじょう》され、斎宮には六条御息所《ろくじょうのみやすんどころ》の姫君が、斎院には新帝朱雀《すざく》帝と同母の妹君が定まった。

　やがて賀茂《かも》祭りがめぐってきて、新斎院がはじめて禊《みそぎ》をされる日がくる。新斎院は弘徽殿の后が大切に思う姫君なので、特別の勅命《ちょくめい》を帯びて源氏も供奉《ぐぶ》することになった。その行列を見ようと一条大路の人出は大変なものである。

　葵上《あおいのうえ》は折ふし懐妊中であったが、体調もよろしかったので、侍女たちの車を多く従えて見物に出掛けた。一方、六条御息所は、源氏の君の愛情も将来において当てにな

三輪良平

三輪良平氏は
重苦しい葵巻の本筋をあえて外《はず》し、
紫の君と同車の源氏を見送る源典侍の
齢すぎた哀れを描いておられる。

らないと思いはじめていたところに、姫君が斎宮に定まったので一緒に伊勢に下向しようかなどと考えながら、それでも源氏の姿が見たくて、身分をやつしてそっと見物に出掛ける。

葵上のほうは源氏の正室であり、お供も大勢なので車を立てる所がなく、あちこちの人を退けさせて割り込んだが、ついに御息所の車と場所争いを起こしてしまう。従者の中には御息所の車を察知して面倒が起こらぬよう努力した者もあったが、ついには酒に酔っていた下人たちの喧嘩になり、御息所の車は散々な目にあって押しのけられてしまった。

「前の東宮妃の身分を鼻にかけて退かないなどと言わせるな。源氏の君の御寵愛を笠に着ても、こちらは御正室の葵上さまだぞ」などという言葉が飛び交い、御息所の心を深く傷つけ、癒しがたい怨みになったが、そのことを葵上のほうでは少しも気がついていなかった。

翌日、源氏はのどかな休み気分で、二条院に美しく成長した紫の君に満足しながら、いつよりも美しい衣裳を着せて、一つ車に乗って祭り見物に出掛ける。この日も人出に悩まされたが、上等な女車がよい場所を譲ってくれた。誰かと思うと、あの源典侍《げんのないしのすけ》の車、いつまでもつやっぽい気分の失《う》せない才女である。

典侍からは歌が届いた。その内容は、「はかなくもあなたさまを、神もゆるす葵〈あふひ=逢ふ日〉として今日を待っておりましたが、御同車の方にすっかり占《し》められていらっしゃるとは思いませんでした」というものだった。源氏はその情の深さに辟易《へきえき》しながら、相乗りの紫の君の若やかな色衣を押し出した車でその前を通り過ぎた。

一方、葵上は重い物の怪に取り憑《つ》かれていた。また、六条御息所のほうでもわれながらふしぎと思われることがいくつかある。夢に葵上の枕許まで行って、直接に手を下すようなひどい乱暴を働いている。そのうえ、覚めてみると体にも髪にも葵上のもののけ退散の祈禱に焚《た》いた芥子《けし》の香がしみついていて、無意識のなかで自分が生霊《いきりょう》となって行為しているのがわかってしまうというおぞましい体験である。

葵上はやがて男子を出産、人々は喜びに沸いた。御息所にはそのことが耐えがたかった。邸中が出産祝いに取りまぎれている一瞬の隙に、葵上はあの御息所にそっくりな物の怪に苦しめられ急逝してしまう。

第十帖 賢木《さかき》

野宮の別れ

六条御息所《ろくじょうのみやすんどころ》の娘である新斎宮の伊勢下向の時期が近づいていた。御息所の心は千々《ちぢ》に乱れながら、都を捨てて娘とともに伊勢へ下ろうと思いつめていく。というのも、葵上《あおいのうえ》が亡くなった後、世間では御息所が正室に直るのではと見ていたのに反し、源氏はふっつりと来なくなっていた。御息所の思い当たるふしは、自分が生霊となってまで葵上に憑き祟《たた》った情念の深さを、源氏がつくづく厭《いや》になったにちがいないということである。

一方源氏は、御息所の生霊の秘密は秘密として、世間的にもあまりつれない仕打ちに見えてはいけないと思い、娘の斎宮とともに伊勢に下ろうとする御息所を訪問するこ

岡村倫行氏は　　　　　　　　　　　　　　　　岡村倫行

この「賢木」の巻のさまざまな事柄の中から、
秋の薄野《すすきの》を背景として六条御息所の面影を
掬《すく》い上げて描かれた。

とにした。斎宮の居られる野宮の秋の風情《ふぜい》は格別である。秋の花野の花も虫の音もすがれそめた寂しい風情の中に、ほのかに奏楽の音色が漂い、物はかなげに小柴垣が結われていた。人気も少ない静かなあたりに、神饌《しんせん》を奉仕する火焼屋《ひたきや》の火がかすかである。夕月夜の明るい頃であった。源氏は手折ってきた榊《さかき》を、その志の証《あかし》のように御息所の御簾のうちに差し入れた。

神垣はしるしの杉もなきものをいかにまがへて折れるさかきぞ　　御息所

（野宮の神垣には三輪山のような杉の目じるしもないのに、何をまちがえて榊などを手折られたのでしょう）

少女子《をとめご》があたりと思へば榊葉の香をなつかしみとめてこそ折れ　　源氏

（ここは野宮です。少女子の奉仕する所と思えば、榊葉の香もなつかしく、心して折ってきたのですよ）

その夜、源氏と御息所は思い残すことのないまでに語り合った。その夜明けの別れは格別である。源氏は御息所の手を捉えて放さなかった。虫の音がかれがれに聞こえていた。深く愛し合った恋の終わりが、こんなにやるせない別れになるとは二人とも思いもかけないことであった。

斎宮はこうしてついに伊勢に下ったが、その後、桐壺院の病は重くなって亡くなられた。藤壺中宮は宮中を退出し、朧月夜《おぼろづきよ》の君は朱雀《すざく》帝の尚侍《ないしのかみ》になった。政治的に源氏の側は不遇になっていったが、源氏は時めく朧月夜への思いも断ちがたく、危険な恋の冒険をやめようとしなかった。

藤壺前中宮に対しても変わらぬ思いを抱いていた。藤壺は執拗な源氏の思いに悩みつつ、強引に接近する源氏に負けて、時には失神されるほどに苦しまれたが、東宮の将来を思うと源氏を頼りとする以外にない。藤壺は悩みに悩んだ末、しだいに出家を決意するようになった。そして先帝の一周忌として営まれた法華八講《ほっけはっこう》のはての日、中宮は強い意志をもって髪をおろされたのである。

年も代わり、中宮御所は寂寥をきわめた。源氏の舅《しゅうと》左大臣は辞表を出した。こんな失意のどん底にありながら、朧月夜に対する源氏の恋は熾烈《しれつ》に燃え、二人の逢瀬はついに朧月夜の父右大臣に発見され、激怒を買う。

第十一帖　花散里《はなちるさと》

花散る里の人柄

静かな政変の中で、左大臣家は右大臣家の圧力に屈し、政界での勢力を失っていった。失意に沈む源氏はいつよりも世のあわれを思う心を深めていたが、そうした中でふと思い出したのは、桐壺の帝の女御で麗景殿《れいけいでん》に住まわれた方と、その妹である三の君のことである。

麗景殿女御はお子たちもなく寂しい日常で、ただ源氏の好意を頼りに過ごしておられた。源氏はその妹君と内裏でほのかに逢いそめたまま、その後なぜともなく時を経てしまった。女君はさぞつらいことに思っておられようと、自分が世間のきびしさに触れるままに思いやりの心が深くなる。人は苦しい時こそ、なつかしく、安らかな話

黒光茂樹氏は　　黒光茂樹

麗景女御の妹三の君の人柄のなつかしさと、
心寂しい時にそれが慕わしくなる源氏の甘えを、
時鳥《ほととぎす》と花橘によって表現された。

し相手がほしい。そうした時、この女君はまことにうってつけの人柄だった。

折ふし五月雨《さみだれ》の空が珍しいまでに晴れ上がった夕暮れに訪問する。中川のほとりには、かつて一度だけ通った女の宿があった。大きな桂の木の追風にその頃の奔放《ほんぽう》な若さが思い出される。内からは明るい琴の合奏の音が洩《も》れてきた。折しも時鳥《ほととぎす》が鳴いて過ぎたので、惟光《これみつ》に歌を届けさせたが、女のほうにも事情があったのだろう。はかばかしい返歌を得ることはできなかった。

麗景殿女御は思ったとおり、閑静な邸に落ち着いた暮らしぶりをしておられた。内裏に居られた頃の思い出話に思わず夜も更けていった。木立は茂って暗かったが、軒近く植えた橘《たちばな》の香がなつかしく匂ってくる。女御のようすは少し齢《よわい》たけて見えるが、心ばせ深く、気品高い匂やかな花を感じさせる。帝の特別な御寵愛はなかったが、睦《むつ》まじくなつかしいものに思っておられた。

源氏はあれこれ父帝の時代のことを偲《しの》びながら、ふと回想に涙ぐんだ。折ふし時鳥が鳴く。さっきの時鳥が慕ってきたのかと思うと、どこか艶《えん》な気分が動く。

橘の香をなつかしみほととぎす花ちる里をたづねてぞとふ　　源氏

（橘の香のなつかしさに、時鳥は橘の花散る里をたずねるのですね）

「その時鳥のように先帝の代の恋しい時は、まず一番にこの橘の花散る里をおたずねすべきでした」と申し上げる。

女御
人目なく荒れたる宿は橘の花こそ軒のつまとなりけれ
（訪う人もなく荒れた宿では、昔をしのぶ橘の花が御訪問のしるべともなったのですね。嬉しいこと）

さて、源氏の本当の訪問先はといえば三の君の部屋である。ごく自然に振舞って、そっとのぞいてみる。訪問の珍しさに添えてあまりにも立派な源氏のようすに、女君は日頃のつらさも忘れるようだ。こんな時、余計なことを言わずに穏やかなやさしさで接してくれる女君は源氏のつらい心の救いであった。

第十二帖 須磨《すま》

須磨隠栖

源氏はその後、悪い世評に押し流されながら、時世の変化も身にしみて、一時、須《す》磨《ま》に引退して謹慎しようと決意した。親しい方のところには別れの挨拶にまわり、紫上には特別にあとのことをこまかにお任せになる。心敏《さと》い乳母の少納言にもさまざまの管理を依託された。

源氏引退の大きな原因になった朧月夜尚侍《おぼろづきよのないしのかみ》のもとにも、そっと手紙を書いた。そして最後に藤壺入道宮を訪《おとな》い、苦しい別れの中にも特に若君のことを託して、静かな気持ちになって父帝の御陵《みささぎ》に参拝に赴いた。ふしぎなことだが、その時、亡き父君の姿がはっきりと拝まれ、身の毛もよだつような気配を感じた。

下村良之介氏は須磨の源氏の表情を
大胆にクローズアップし、
紫上の顔とダブらせて、
都を思う哀愁を表現された。

下村良之介

世間の心ある人々は源氏の失脚を惜しんだが、源氏は舟でほどなく須磨に着き、閑居に似合わしい風情の住居に入った。さびしい日常を慰めようと、別れてきた女性の方々に消息をする。

松島のあまのとまやもいかならむ須磨の浦人しほたるるころ

（須磨の浦に涙にしおれて暮らす日々ですが、私をお待ちくださる尼君のお住まいでは、いかがお過ごしですか）

これは藤壺に贈った歌、須磨の浦人と松島（待つ）の海士《あま》（尼）とが二重の意味を読みとらせる瀟洒《しょうしゃ》な歌である。

須磨には心づくしの秋がやってきた。源氏は海の波音も身にしみる夜半、激しい風の音に耳を傾けるうち、涙で枕が濡れてしまい、起きて琴をかき鳴らしたりしてみたが、それは人静まった夜の海辺に、いかにも心凄《すご》くひびくのだった。

一方、都では源氏の異母兄でもある帝をはじめとして、源氏を恋しく思われる折ふしが多かったが、なかでも東宮は源氏を思い出してはそっとお泣きになるので、近い人々はひとしお身にしみるのである。しかし、弘徽殿大后《こきでんのおおきさき》がひどく源氏を憎んでおられるのに遠慮して、しだいにこの一家から離れていくのだった。

春がめぐってくると、源氏の親友の頭中将《とうのちゅうじょう》は宰相（参議を重ねた中将）になった。そうした立場ながら世間の風評を気にするよりは、親友としての情を立てようと、思い立つままに須磨の源氏を訪問される。海辺の閑居のたたずまいは都びとの眼を楽しませたが、この流謫《るたく》の境涯からの脱出の道を思うと二人の袖はしめりがちだった。

ところで、この須磨につづく海辺の明石浦には志高い頑固者の明石入道《あかしのにゅうどう》という人物がいて、源氏が須磨に流謫の日々を過ごしているのを知って、その一人娘をぜひ源氏の妻の一人として差し上げたいと思いつめていた。母君は身分ちがいの、しかも罪ある人に娘を差し出すことに反対したが、入道の志は頑として変わらなかった。

源氏は三月の初の巳《み》の日、罪や穢《けが》れを祓《はら》うために海辺に出たが、俄《にわか》な暴風雨にあった。雷鳴も激しく、命を落とさんばかりの中を、やっとの思いで邸に帰り着いたのである。

第十三帖

明石《あかし》

明石の浦の出会い

三月巳の日の祓《はら》いを襲った暴風雨はなかなかおさまらず、源氏の邸も落雷により一部を焼失した。その夜、亡き父帝が夢に立ち、住吉の神の導きに従ってこの浦を去るように告げられた。

翌朝、明石の浦に住む入道が、これも夢のお告げといって船を仕立て源氏を迎えに来た。源氏はふしぎな夢の符合を思いながら明石に居を移すことになった。夕暮れの海には淡路島がほのかに浮かんでいる。明石入道は丁重に源氏をもてなし、源氏は琴を弾き、入道は琵琶を弾いて語り合った。入道は身の上話のついでに、秘蔵して育てた一人の姫があること、この姫だけは都の貴人に差し上げたい思いがあることを打ち

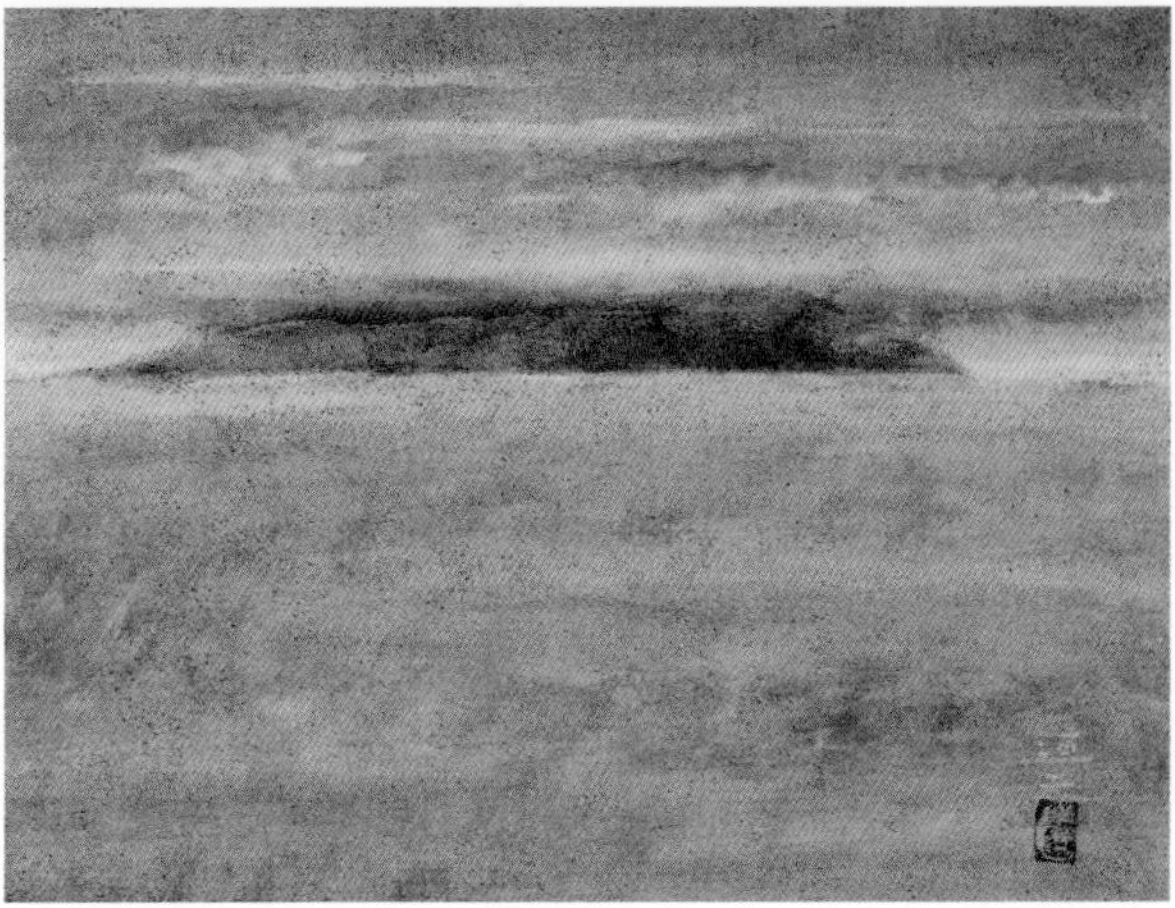

池田道夫

池田道夫氏は、
「明石」の巻での浦の情景描写にひかれ、
青春の回想とともに見たであろう
心象としての淡路島を表現された。

明け、歌を詠んだ。

独り寝は君も知りぬやつれづれと思ひあかしの浦さびしさを

（独り寝に思い明かす明石の浦のさびしさは君にもおわかりと思います。私の思いもご推量ください）

八月、十三夜の月が美しい夜、入道は姫君の住まいをかがやくばかり磨きととのえ、ただ「あたら夜の」とだけ源氏に消息を出す。「あたら夜の月と花とを同じくはあはれ知れらむ人に見せばや」の心である。十三夜の月に対して「花」は明石の姫君のことだ。源氏ははじめて明石君《あかしのきみ》を訪問した。鄙《ひな》にはまれな気品をそなえた明石君のほのかな気配は、あの六条御息所《ろくじょうのみやすんどころ》に似かよい、心はずかしいばかりの上品さである。

源氏の明石君への愛情はひとしお深くなっていったが、都に残した紫上のことを思うと、さまざまに悩み深かった。その頃、都では朱雀《すざく》帝が桐壺院の亡霊に悩まされることなどがあり、弘徽殿《こきでん》のご意向に背いてでも、異母弟の源氏を召還するよう宣旨《せんじ》を下そうと思われる。そして、ついにそれが実現した。

明石君は折ふし懐妊していたので、入道一家は源氏の前途に期待しながらも、姫のこの後を思うと、源氏が京に去ることに複雑な気分であった。明石君は由緒ある琴の弾奏《だんそう》を伝える名手である。一夜、源氏は琴を弾きあいながら別れを惜しみ、その時の琴を、今度会うときまでの形見として残しておくことにした。

源氏はついに明石を去り、入道一家は悲しみに沈んだが、都に帰った源氏はただちに権大納言に返り咲いた。紫上は思いのほかにみごとな女性らしさを身につけ、明石君のことも少し話し出される源氏に、ほのかに嫉妬をするのが可愛らしかった。都に帰った源氏は公私ともに忙しい中で、暇をみては明石の方を思いやり、こまやかな手紙を届ける。

歎きつつあかしのうらの朝ぎりのたつやと人をおもひやるかな

（歎きながら一夜を明かしたあなたでしょうか。明石の浦の朝霧はその歎きの息ではないかと心配です）

第十四帖 澪標《みおつくし》

住吉詣

源氏の異母兄でもある朱雀帝《すざく》は病気がちであった。御譲位《じょうい》のことを思われるにつけても尚侍朧月夜《ないしのかみおぼろづきよ》の将来を思い、また尚侍が本当に愛しているのは源氏であろうと推量し、複雑な思いのなかで尚侍を労《いたわ》られる。

東宮は元服し、譲位のことが行われた。源氏は内大臣となり、引退していた前左大臣が摂政太政大臣に返り咲いた。源氏の親友宰相中将《さいしょうのちゅうじょう》も権中納言となり、再び源氏一統に春がめぐってきた。その上、明石からは女の子の誕生の知らせが届く。開運の予兆を感じていた源氏はただちに乳母を選び出し、明石に派遣する。

源氏はその秋、住吉の神に祈念した願いが叶《かな》った御礼の参詣を果たすため、多くの

前田直衛

前田直衛氏は、源氏の住吉詣を、
賑やかさとは別な
つつましい姿で捉えている。
明石の君が近くに来ていることも知らず、
ひたすらな願《がん》ほどきの参詣姿である。

人にかしずかれながら船路を取って信吉に詣《もうで》に出掛けた。折も折、明石の父娘も、恒例の住吉詣《もうで》に船でやってきて、源氏の一行に出会い、その盛大な参詣の勢いにたじろいだ。捧げ物を持つ人、楽人《がくじん》、童随身《わらわずいじん》、数かぎりない供人たちの競い合うような美しい装束、それらが緑の松原の中にはなやかに優雅に彩りを添え、人々が、時を得がおに振舞うのが見える。比べると明石の一行はいかにもみすぼらしく、とても船から上がる気になれなかった。そしてついにその日の参詣を諦《あきら》め、船をめぐらし難波《なにわ》のほうへと去っていった。それを知った源氏は思いがけぬ結果を悲しみ歌を贈った。

みをつくし恋ふるしるしにここまでもめぐり逢ひけるえには深しな　源氏
(澪標《みおつくし》をたどるように、あなたに近づこうと身を尽くし恋い慕った証《あかし》に、住の江に来てまでもめぐり合ったえにしは、並々ならぬ深さと思いますよ)

数ならでなにはのこともかひなきになどみをつくし思ひそめけむ　明石
(取るにたらぬ私などは、何につけても甲斐ないことばかりですが、なぜ貴方さまのようなご身分の方を、身を尽くし思い初《そ》めたのでしょう)

ところで、御譲位にともない伊勢の斎宮も交替されたわけで、六条御息所《ろくじょうのみやすんどころ》も前斎宮ともども京に帰ってこられた。体調もよろしくないとのことなので、源氏はさっそくお見舞いする。御息所は病に弱った体で、娘の前斎宮の後事を託し、その後見を頼まれたが、同時に源氏らしい色やかな風流心を心配しつつ、どうぞそういう方面はお慎みいただきたいと苦言を呈することも忘れなかった。

やがて御息所は亡くなり、源氏は前斎宮のお世話をするようになった。伊勢にお下りになるときから心にかけていた姫君だったので、源氏の心は大いに動いたが、母御息所との約束を思い出しては、清い間柄でお世話を申そうと決意する。前斎宮は帝より年長でいらっしゃるが、そうした分別のある女性が一人お側にあったほうがよいということになり、やがて入内《じゅだい》への準備がすすめられた。

第十五帖　蓬生《よもぎう》

末摘花邸の荒廃

源氏が都を退いたのち、常陸宮の姫君末摘花は窮乏の極《きわみ》に陥った。邸も荒廃し樹木も草も茂りに茂って狐のすみかとなり、夜は梟《ふくろう》が鳴いた。召使も寄りつかなくなり、果ては、財ある受領《ずりょう》が家邸を買い取ろうと言ってきたりしたが、姫は、「親の面影も宿っている家をどうして手放すことができよう」と言うので、家計は苦しくなる一方。古い調度などをほしがる人はあっても、「親が大切に使うよう残されたものだから」と言うので、しまいには食べることもやっとになってしまった。八月の野分《のわき》（台風）で廊なども倒れ、召使が住んでいた下屋も骨ばかりになり、盗人さえ盗む物がないと思って素通りしてしまう。

三輪晁久

三輪晁久氏は、荒れた常陸宮邸の
植物だけが栄えている美しさを描き出して、
末摘花の志のゆかしさと、
源氏の愛の深さを、
情景の中にこめられた。

こんな時、末摘花の叔母は、夫が太宰大弐《だざいのだいに》になったのをよいことに、零落しきった末摘花を自分の娘の侍女にして筑紫に連れて下ろうとした。しかし末摘花は、この父の遺邸で生を終わるのが一番ふさわしいときっぱり断ったので、叔母は末摘花が頼りにしていた侍女の侍従を口説いて連れて行ってしまう。

末摘花の邸はみるみる荒廃がすすんだ。しかし、源氏を迎え入れた寝殿だけは飾りつけも古びながらその日のままに保っていた。姫は源氏を信じきって、訪問の日を待っていたのである。

春も過ぎ旧暦の四月となった。源氏は花散里を訪問する道すがら、木立が森のように茂ったところにさしかかった。大木の松に藤が咲きかかり、淡い夕月に揺れるともなく揺れている。風のまにまに甘い花の香が流れてくる。どうも見覚えがある風情のところだと見ているうち、それが常陸宮邸であることを思い出した。

まずは惟光《これみつ》を入れてようすを探らせ、やがてその案内で蓬《よもぎ》に置く露を払いつつ入っていった。姫君は、必ず源氏が訪ねて来てくださると待ち耐えた心に、うれしくも羞《はずか》しくも思いながら煤《すす》けた几帳のもとに寄って対面なさる。源氏はこれほどまで零落しながら自分を待っていた志がいとおしく、いろいろに慰めるのだった。

藤なみのうち過ぎ難く見えつるはまつこそ宿のしるしなりけれ　源氏
（松にかかった藤の花を見て行きすぎがたく思ったのは、きっと貴女が待っていてくれたからなんですね）

年を経てまつしるしなきわが宿を花のたよりに過ぎぬばかりか　末摘花
（長い月日を待つ甲斐もないようなわが宿にやっとお見えになったのも、ただ花に魅《ひ》かれてのことなのでしょう）

姫君の気配は相変わらずだったが、源氏は廃《すた》れた家邸や庭や垣根の繕《つくろ》いまで指図なさり、見ちがえるように改めていった。われ先にと暇をとって逃げ出して行った召使たちも、早まった現金さを恥じながらも次々に帰参《きさん》してきたのである。

第十六帖　関屋《せきや》

逢坂のめぐり会い

ところで、あの空蟬《うつせみ》は常陸介《ひたちのすけ》に任官した夫に伴われ東国に下っていたが、介の任期も明け、今や上洛の道にあった。ちょうど逢坂《おうさか》の関にかかった日は、たまたま源氏が願ほどきのため石山寺に参詣する日と重なり、奇《く》しくも両者の行列は逢坂の関屋のあたりで出会《でく》わすことになった。

身分違いの常陸介一行は、みな車を降り、杉の木立の蔭に車を引き入れなどして源氏の行列をお通しした。介の一族は人数も多く威勢もあって、女車十台ほどからは色々の袖口が美しくこぼれ、襲《かさね》の色目なども田舎びることなく風情があるのを、源氏はふと、斎宮の御下向の折の物見車などにたぐえて眺めていた。

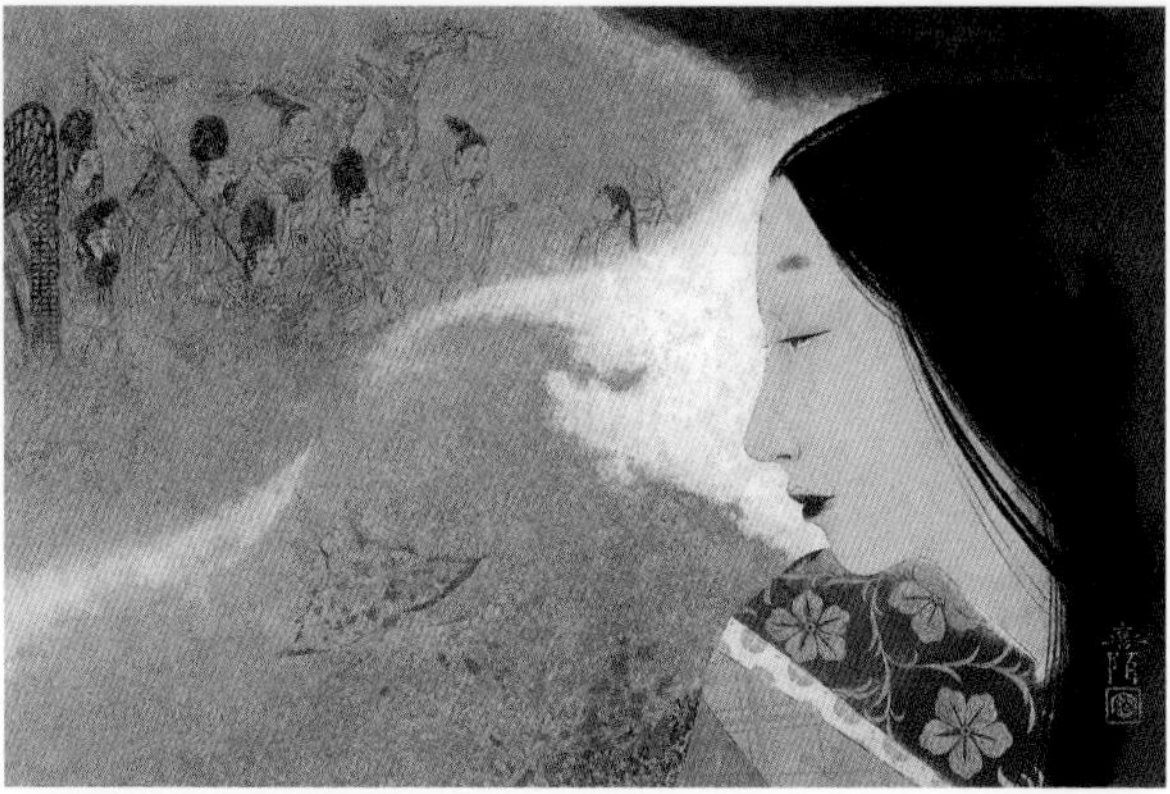

鹿見喜陌氏は、逢坂の関の木の間がくれに　　鹿見喜陌
源氏の一行を見る
空蟬の思い深い表情を描き出された。
身と心と思うままにならぬ
女の宿世《すくせ》を知る空蟬である。

季節は旧暦九月の末の頃なので、紅葉の色もさまざまにまじりあい、霜枯れの草生の色も枯れ色まじりにおもしろく眺められるところに、関屋からどっとあふれ広がる源氏一行の旅姿は、狩衣《かりぎぬ》の色合いといい、それぞれの刺繍《ししゅう》や絞り染めの意匠といい、こんな自然の景色にまじってじつに興趣が深い。源氏の車は簾《すだれ》を下ろしたままだが、今は右衛門佐《うえもんのすけ》となっている昔の小君、あの空蟬の弟を呼び寄せ、「今日わたしが、あなたをここまでお迎えに来た志を、まさか思い捨てはなさらないでしょうね」と伝言するように言われる。

源氏が石山から帰る日、お迎えには右衛門佐が参上した。かつて源氏の身近に召し使われる者として御恩にあずかっていたのに、須磨まではお伴せず父の任国に下っていたことを今は反省しているが、源氏は色にも出さず、右衛門佐を召して空蟬に消息を届けるように言う。「先日は思いがけぬ出会いに宿縁の深さをつくづく感じました。どうですか」という文面に歌がそえてある。

わくらばに行きあふみちを頼みしもなほかひなしやしほならぬ海　　源氏
(偶然にもお会いしたのが近江路《あふみ》でしたから、またお逢いできると頼もしく思い

ましたが、海ならぬ淡海ではやはり貝〈甲斐〉なしでしょうか）

とある。右衛門佐は広量な源氏にすっかり心服していた折も折とて、しきりにお返事をするよう姉を説得する。

あふさかの関やいかなる関なれば繁きなげきの中をわくらむ　空蟬

（逢う坂という関はどういう関なのか、茂る木は嘆きの木なのでしょう。これからもたぶん、その嘆きの木の間を分けてゆくのでしょうね）

とこうするうち、もともと老齢だった常陸介は病《や》みがちとなり亡くなってしまった。空蟬は世間の頼みがたさや淡々《あわあわ》しい人ごころ、以前から下心をみせていた介の長男の色めいた態度などに行く末を悟って、人にも知らさず出家してしまう。

第十七帖　絵合《えあわせ》

須磨の日々への内省

冷泉《れいぜい》新帝にはすでに弘徽殿女御《こきでんのにょうご》が入内していた。まだ少年と少女のような間柄の可憐さである。女御の父は源氏の親友である権中納言（元の頭中将《とうのちゅうじょう》）、母は弘徽殿大后《おおきさき》の妹（四の君）であった。源氏は藤壺入道宮《ふじつぼのにゅうどうのみや》と相談して、もう少し年長の、世の中のこともよく知っておいでの前斎宮（六条御息所女《ろくじょうのみやすんどころむすめ》）の入内を推しすすめた。梅壺女御《うめつぼのにょうご》のちに秋好中宮《あきこのむちゅうぐう》とよばれる方である。

帝は絵を好まれ、梅壺女御も絵の上手であったので、帝は梅壺によくお出掛けになる。権中納言も弘徽殿の繁栄を思えばそれを見過ごすことはできず、画家を召し寄せさまざまの絵を描かせて帝の心を引き寄せようとされるので、源氏も自ずから由緒あ

堀泰明氏は、絵合の最後に源氏の須磨の絵が出され、
藤壺入道宮、梅壺女御、うら若い弘徽殿女御、
そして源氏が四方から
その絵に見入っているさまを描かれた。

堀泰明

る古い絵や、格調高い新作を集めてはお目にかける。そしていつしか、この熱中は後宮をあげての絵合《えあわせ》に発展した。絵合は相互に絵を出し合って見識ある女房に意見を陳《の》べさせ勝負をきめるのであるが、その評判は高まり、ついに帝の御前での絵合が催されることになった。

かねて梅壺に心を寄せていらした朱雀院《すざくいん》は、年中行事のおもしろい絵に、ご自身の体験にある新鮮な場面なども描き加えてお届けになる。とはいえ朱雀院は弘徽殿大后から伝えられた絵をたくさんお持ちで、それが弘徽殿方に伝わるであろうと思えば源氏もじっとしてはいられない。

当日は梅壺方は左。紫檀《したん》の箱に絵を入れ紫の唐錦《からにしき》の敷物。右弘徽殿方は沈香《じんこう》の箱を青色の高麗錦《こまにしき》の敷物にというぐあいに風趣が競われ、侍童《じどう》も左は赤色に桜襲《さくらがさね》の汗衫《かざみ》、紅の袙《あこめ》に藤襲の織物。右は青色に柳の汗衫、山吹襲の袙というように色とりどりに競い飾られた。判者には源氏の異母弟帥宮《そちのみや》がなられた。

清涼殿の朝餉《あさがれい》の間の障子を開けて絵画に詳しい藤壺入道宮も臨席されるので、源氏も心を入れて判詞《はんし》を補ったりされる。つぎつぎに披露される絵に勝負はなかなかつかず夜になった。そしてこれが最後という番《つが》いの時に、左方は源氏が須磨引退の日々に描かれた絵を出した。珍しい海浜の風景に閑寂な心境がにじむ。源氏の謫所《たくしょ》暮らしを心苦しくも、悲しくも思っていた人々の眼や心はこの絵に吸い寄せられ、絵合は左方の勝ちとなった。

夜更けて酒宴となり、源氏と帥宮は絵画論を展開する。「筆とる道と碁打つことにはふしぎにその人の資質がにじむ」と帥宮が言われた。源氏があらゆることに勝れているうえ、絵まで堪能であることに賞讃のことばが集まった。

二十日あまりの遅い月が上った頃、楽器が持ち出され、和琴《わごん》を権中納言がみごとに弾奏する。そして帥宮は箏《そう》、源氏は琴《きん》、琵琶は少将命婦《しょうしょうのみょうぶ》が受けもって合奏のひとときを過ごした。絵合の催しが終わってみると、源氏は須磨から帰ってのち急速に身に集まる栄華のかずかずが深い内省感とともに反芻《はんすう》されるのに気づくのだった。

第十八帖　松風《まつかぜ》

明石姫君上京

源氏はようやく関係のあった女君たちのお世話に心を尽くすゆとりがもてるようになっていた。まずは二条院に東の院を新築して、その西の対の屋に花散里の君を移り住まわせた。東の対の屋には明石御方をと考えていたが、女君はその身分を考えたり幼い姫君への不安もあったりで、いろいろ躊躇《ちゅうちょ》することが多い。

そんな時、明石入道は旧領の古邸が大堰《おおい》川のほとりにあったことを思い出し、それを修理してひとまずここに明石御方と姫君、その祖母の尼君を移住させることにした。山荘の風情は水に臨んでいるので明石の日々を思い出させる趣さえあった。移り住んだ明石御方は、源氏が明石に残していった形見の琴を取り出し、手すさびにかき鳴ら

澤野文臣

澤野文臣氏は、尼君がなつかしんだ
松風が聞こえるほどに、
こまやかに枝葉を茂らせた松を描かれた。
人生のような、
心の色もこもる風韻をかかえている松だ。

してみると、あたりの松にこもる風韻《ふういん》とひびき合うようであった。尼君もその松風に耳をとめて、「この松風を聞くにつけても、あの明石の住まいの日々が思い出されますこと。この故里に私は尼の身として、夫と別れ帰ってきたのですねえ」と、その人生の変転を回想するのだった。

源氏は大堰に住みはじめた明石御方のことを、紫上にどう納得してもらおうかと苦慮したが、やがて人目につかぬ頃合をみて、忍びやかに大堰に出掛けてゆく。明石で二人がはじめての出会いをとげた日のことが思い出される。源氏は回想に耐えず差し出された思い出の琴をかき鳴らし明石御方と歌を詠み合った。

契りしにかはらぬ琴のしらべにて絶えぬこころのほどは知りきや　　源氏

（あの日、この琴の音の変わらぬうちにお迎えしますと申しましたが、昔に変わらぬこの音をお聞きになって、私の変わらぬ心はおわかりでしょう）

かはらじと契りしことをたのみにて松のひびきに音をそへしかな　　明石

（その変わることないということばを頼みとして、私は松風の音にそっと泣く

音を添えていたのですよ）

源氏は明石御方がしだいに大人びて、しかもいよいようるわしくととのい、並々でない貴婦人になってゆくのを飽かぬ思いで眺め、姫君の愛らしさに心を奪われながら、やはり二条院で心ゆくまでお世話がしたいと思う。翌日は別れもつらい。近いあたりの源氏の別荘桂殿に行き、鵜飼を楽しみ、詩を作り、管弦の宴に夜を更かしてしまった。

二条院に帰ってみると案の定、紫上のご機嫌が悪い。源氏はいろいろとご機嫌を取りながら、物のついでと明石姫君のことも話し、紫上にその養育をお任せしたいのだと言うと、もともと子供好きの紫上はたちまち乗り気になり、その姫をぜひわが子として育み、かしずき立ててゆきたいと思うのだった。

第十九帖

薄雲《うすぐも》

藤壺の死と秘事

源氏は明石御方とそこに生まれた姫君の処遇について悩んだが、ともかく姫君を紫上の養女として引き取り、手許に置いて理想のままに育てたいと思う。明石御方は姫君との別れを耐えがたいものに思ったが、何事につけても身分階級がものをいう世の中に、姫君が紫上に養われ源氏の家に育つことが最良であることにまちがいはない。紫上の人柄も、源氏の愛と信頼に背かぬ女人であるらしいということから、姫をお渡しすることを承諾する。

姫君を迎える車は、大堰《おおい》の雪が少し解けそめた頃にやってきた。母君は胸も潰れる思いであったが、自ら姫君を抱いて車のそばに歩み寄った。何も知らない姫君は「乗

川島浩

川島浩氏は、大堰山荘を訪れた源氏が、
明石御方に強いて弾かせた
琵琶の音を思いつつ、
その音の溶け広がってゆく
美しい空の色を描かれた。

り給へ」と母君の袖を引っぱる。母君は耐えがたい涙にむせびながら、「末とほき二葉の松にひきわかれいつか木だかきかげを見るべき（老い先長い二葉の松のような姫君に別れて、私はいつ御成長ののちを見ることができるやら）」と悲しむのだった。

一方、紫上は姫君を得てたいそう満足し、源氏が明石御方のもとに通うことも大目に見るようになった。明石御方は万事控え目だが、源氏は改めて明石御方の美貌と高《こう》雅《が》な趣味に目を瞠《みは》り、その琵琶の音に感歎するのだった。

その頃、太政大臣（葵上《あおいのうえ》の父）が薨去《こうきょ》し、天変地異がしきりに起こった。やがて藤壺入道宮が重篤《じゅうとく》となり、お見舞いにうかがった源氏に感謝のことばを述べたあと、燈火の消えるように亡くなられてしまった。憧れの人に死なれた源氏は一日《ひとひ》泣き暮らし、夕日を眺め歌を詠んだ。

入日さす峰にたなびくうす雲はものおもふ袖に色やまがへる

（夕日が差しているあの峰にたなびく薄雲は、物思う心そのままに、わが袖の喪の色と紛れやすいことよ）

ところで、藤壺入道宮の四十九日も過ぎ、帝はものさびしく思われる頃であったが、母宮の時代からお祈りに仕えた老僧が夜居《よい》に伺候《しこう》し、帝が真実を知らずに過ごされることは、かえって仏のみ心にはずれることだと考え、帝の本当の父は源氏であると、その出生の秘密を明かしてしまう。

帝は夢のような事実を聞いて千々《ちぢ》に思い乱れられた。亡き父帝に対しても気が咎《とが》め、実父である源氏に対しても臣下にさし置くことが恥ずかしかった。窮迫《きゅうはく》して帝は源氏に譲位をほのめかされる。源氏は恐懼《きょうく》しつつ不審の念を抱き、事情を探ってみた。そして王命婦《おうのみょうぶ》から、藤壺がこのことについて深く心を悩ませていたことをきき、故宮への思いがいっそう募るのだった。

その頃、斎宮女御《さいぐうのにょうご》（梅壺＝六条御息所女《ろくじょうのみやすんどころむすめ》）が源氏邸に退出された。源氏は女御に御息所の面影を感じるが、今は似合わぬ恋心と自ら戒め、春秋の好みに話題を紛らすのだった。

第二十帖 朝顔《あさがお》

愛のはかなさを知る朝顔

源氏の叔父君（桐壺帝の弟）桃園式部卿の姫君は斎院であった。源氏はいとこに当たるので、清い友情を保ってきたが、このほど、式部卿が亡くなり斎院を退下《たいげ》されたので、源氏は御弔問ついでにいろいろとかねてからの思いを訴えられた。

桃園邸には、これも叔母君に当たる女五宮《おんなごのみや》がお住まいだったが、前斎院も同居されたので、源氏は女五宮への御挨拶を口実に桃園邸を訪問する。前斎院の住まれるあたりは鈍色《にびいろ》の御簾や黒い几帳などがしつらわれていたが、薫香の追風がかえってなまめかしく感じられ、情趣があった。「あなたも、もう斎院ではないのですから、私の心づくしを少しは受け入れてくださってもよろしいではありませんか」という源氏に、

大野藤三郎氏は、朝顔に胸中を訴える
源氏を描かれた。
背後に幻影のように見える斎院の鳥居に、
この恋の遂げにくい予測が浮かぶ。
白い朝顔がさびしい。

大野藤三郎

こうした場面にうとい前斎院は、なかなかお返事ができない。
源氏はそんなつれない待遇にすっかり憂鬱になって帰り、朝霧の庭を眺めると、秋の深まる垣根に朝顔の花が美しく咲きかかっている。その花を手折って源氏は歌を詠み、前斎院のもとに届けさせた。

見しをりの露忘られぬあさがほの花のさかりは過ぎやしぬらむ　源氏
(若い日にお会いしたあなたを忘れかねております。でも、美しい朝顔の盛りは過ぎやすいもの。心配です)

秋はてて露の籬《まがき》にむすぼほれあるかなきかにうつるあさがほ　朝顔
(秋も終わりの露の垣根にまつわりついて、あるかなきかの色に咲き果てる朝顔は私のことですのよ)

源氏も若い日とはちがい、強引な恋はできない。しかしこの朝顔の操の清さは格別だった。朝顔は源氏の魅力を感じないわけではないのだが、その魅力に負けた女性の一人にすぎぬと思われるのも恥ずかしく、むしろ斎院を降りた今は、仏の教えを学んで生きたいと思うのだった。

一方、紫上は朝顔の身分の高さを思うと、源氏の好色癖もこんどばかりは不安で、忍びがたい嫉妬に駆られるのである。すっかり拗ねて物も言わない紫上の涙をみて、源氏もびっくりし、言いわけに明け暮れ、ご機嫌を取り結ぶほかはない。

冬になった。降り積った雪がやみ、月がかがやく夜であった。源氏は「月と雪の光が映りあう景色はすばらしい。何の色というのでもないが、ふしぎに身にしみるなあ」と言って、御簾を上げさせ、童女を庭に下ろして雪転《ゆきまろ》げをさせ、紫上と二人眺め興じた。

その夜源氏は、交際の深かった女性たちにふれて、藤壺中宮の立派さを讃え、紫上はその血筋なのに嫉妬深いのが苦手だと釘をさした。しかし源氏の夢にあらわれた藤壺は二人の間の秘密が洩れたことへの怨みを述べた。源氏はその面影を追いつつ懇《ねんご》ろに菩提を弔うのであった。

第二十一帖 少女《おとめ》

夕霧の幼恋

源氏の息子である夕霧《ゆうぎり》は、祖母大宮の希望によって、母方の故左大臣邸で元服することになった。身分に従えば元服後は四位に叙されるところであるが、源氏はあえて浅葱《あさぎ》の袍《ほう》を着せ、六位にとどまらせた。若いうちに大いに勉学に励むようにとの方針である。学問深い人間こそいざというとき世の中の役に立つことができるというのが源氏の考えだった。

夕霧は二条院の東院に籠《こも》り学問に精進したが、数カ月のうちに『史記』などもマスターしてしまう励みようで、ついに厳格な大学寮試験に合格する。その頃、梅壺に居られた斎宮女御《さいぐうのにょうご》は弘徽殿女御《こきでんのにょうご》を超えて后に立たれ、源氏は太政大臣に、もとの頭中将《とうのちゅうじょう》

来野あぢさ

来野あぢさ氏は
舞姫となった惟光の娘の
鮮やかな美しさを描かれた。
夕霧が眼をみはった美が
現代的によみがえっている。

は内大臣に昇任した。

ところで、大宮のもとで夕霧と一緒に育てられた雲井雁《くもいのかり》（内大臣の女《むすめ》）は、成長とともに引き離され、互いに思いながら会う機会も少なく、かすかな文通に心を託すばかりだった。ある時、大宮のもとを訪ねた内大臣は、雲井雁をまじえて睦まじい語らいのはて、すばらしい和琴の曲を披露された。その退出の折ふし、内大臣は雲井雁と夕霧の仲を噂する女房の言葉を立ち聞きしてしまう。雲井雁は東宮に差し上げたいと決めていた内大臣は、大宮の監督が孫の可愛さに甘くなることを知り、雲井雁を自邸に引き取ろうとする。

幼い恋を遂げようと煩悶《はんもん》する二人は、ある時、大宮邸で忍び会う機会を得た。しかし、それもほんの短い時間で、二人の嘆きは深まるばかりである。その頃、源氏は五節《ごせち》の舞姫（十一月中旬の宮中節会《せちえ》に公卿《くぎょう》、殿上人《てんじょうびと》、受領《ずりょう》から舞姫を出す）に惟光《これみつ》の女が出るというので準備に忙しかった。夕霧は雲井雁に会えない鬱憤《うっぷん》ばらしに、舞姫の控えの間をのぞいてみると、そこに雲井雁と同じ年頃の美しい乙女がなやましげに物に倚《よ》りかかっていた。

あまりの可愛らしさに心動かされ、衣の裾をつんつんと引いてみると、舞姫は「何だろう」とふしぎに思う。そのとき歌を詠みかけてみたが、あわただしい人の気配がしたのでとりあえず引きかえした。夕霧は舞姫のことが心からはなれないので、夕霧に近侍《きんじ》しているその兄の少年に託して歌を届けさせた。

一方、源氏も舞姫を見て、若き日に目を止めて今も忘れがたい舞姫のことを思い出し歌を贈った。

をとめ子も神さびぬらし天《あま》つ袖ふるき世の友よはひ経ぬれば

（五節の舞姫だったあなたも、今は神さびるほどの齢《よわい》になられたでしょうか。古き友というべき私もこんな齢になりましたもの）

源氏はやがて夕霧を花散里にあずける。夕霧は雲井雁に会えない不満を抱きながらも、翌春には進士《しんし》の試験に合格し、侍従に任ぜられた。源氏は緻密な計画のもとに六条院の造営を行い、新たな生活設計が浮かび上がりつつあった。

第二十二帖　玉鬘《たまかずら》

夕顔の遺児の美貌

　源氏が熱愛した夕顔は某院で急死したが、じつは夕顔はかつて頭中将《とうのちゅうじょう》に愛された女君で、そこに一人の女児をもうけていた。夕顔の死後、この女児は乳母の夫が大宰少弐《だざいのしょうに》として赴任するのに伴われて筑紫に下り、一家に傅育《ふいく》されていたが運悪く少弐が急逝してしまう。

　後見の力が弱くなった姫は成長するとその美貌が評判となり、肥後の国の有力者の大夫監《たゆうのげん》という者がしつこく求婚してきた。姫君はそれを逃れるため乳母とその子の豊後介《ぶんごのすけ》や次女兵部君《ひょうぶのきみ》に伴われて、早船《はやぶね》を仕立てて筑紫を脱出し、海を渡って都に入った。しかし、豊後介の力ではそれからの方途もたたず、困り果てた。姫君は人のすすめに

丹羽尚子

丹羽尚子氏は、
玉鬘が乳母たちに守られて筑紫を脱出し、
都に上る海路の旅の
緊迫した場面を描かれた。
広い海原にただ一つ漂う舟には
不安がいっぱいである。

従って開運の祈りのため初瀬《はつせ》に詣でることになった。

姫君の一行が初瀬に宿をとると、そこに亡き夕顔の侍女であった右近《うこん》の一行が泊まり合わせていた。はるかに思い合いつつ隔っていた主従は、ここに思いがけず再会することができたのである。右近は「ふたもとの杉の立ち処《ど》をたづねずは布留川《ふるかは》の辺《べ》にきみを見ましや」と詠んで初瀬の観音の利生《りしょう》を喜んだのだった。

右近は今や源氏に仕える身であったから、都に帰るとさっそくこのことを報告する。源氏は姫君の美貌を聞いて心を動かし、親めいた立場からお世話をしたいと消息を交わす。姫君は筆跡も見苦しくなかった。源氏は一安心して紫上に昔の夕顔との関係を告白し、花散里にこの姫君の後見を頼むことにした。

源氏は引き取った姫君に対面してみると、あまりの美しさに親代わりの心もゆらぐばかりである。姫君はひたすら実父の内大臣を恋い慕ったが、源氏はこの姫君を秘蔵して若い人々の心を乱してやろうと、親らしからぬ計画にわくわくするのだった。ふしぎな運命の種を拾ったのである。

恋ひわたる身はそれなれど玉かづらいかなるすぢを尋ね来つらむ

（かつて一途《いちず》に夕顔を愛した私の心は今も少しも変わっていないが、玉を貫いた髪飾りの筋ではないが、その娘がいったいどういう筋で、血筋でもない私をたずねて来たのだろう）

源氏は何気ない手習いのようにこんな歌を書き、「縁というものは何だか身にしみるねえ」と呟《つぶや》いた。この歌に詠まれた玉鬘《たまかずら》は夕霧にも妹として紹介された。豊後介は家司の一人に加えられ、源氏の恩に浴することになった。

やがて新年も近く、新調の衣裳を女君たちに贈ることになったが、玉鬘には曇りもない赤色の衣に、山吹《やまぶき》（表朽葉《おもてくちば》、裏黄）の細長《ほそなが》（衽《おくみ》なしの軽快な若い女性の衣料）を選んだ。それはいかにも華やかで、清らかで、あの実父の内大臣の雰囲気に近い。紫上は、これはよほどの美少女にちがいないと、また心配の翳《かげ》が表情に浮かぶほどであった。

第二十三帖 初音《はつね》

明石御方と姫君

六条院の正月は「生ける仏の国」かと思われるほどである。源氏は紫上と懇ろに年の初めの祝歌を交わし合ったあと女君たちの部屋を訪問する。まず明石姫君の部屋に行ってみると、実母の明石御方の所から特別な髭籠《ひげこ》や割子《わりこ》、造りものの鶯《うぐいす》を松に結んだ贈り物などが届いていた。

年月《としつき》をまつにひかれて経《ふ》る人にけふうぐひすの初音《はつね》きかせよ　　明石

（この年月を小松のような姫の御成長を頼りにしてきた私に、今日こそ鶯の初音のような便りをくださいね）

後藤順一氏は
鶯の初音に幼い姫のような梅花を添え、
金泥《こんでい》の松葉に
新春らしさを出して、
典雅な空間を表出された。

ごらんになった源氏はそぞろにその母の情が身にしみて、すぐさま硯《すずり》を取り寄せ、姫君に返事を書かせられた。

ひきわかれ年は経れども鶯のすだちし松の根をわすれめや　姫

（離れ離れで幾年か経《た》ちましたが、鶯は古巣の母君のことを忘れません）

明石御方はこの幼く可憐な姫の返事をどう読んだだろう。源氏は次いで花散里や玉《たま》鬘《かずら》のもとを訪問し、夕暮れに明石御方へお渡りになった。

明石御方の部屋はいつもながら、雰囲気に独特のものがある。唐錦の縁取りをした褥《しとね》に琴を置き、由緒ありげな火桶《ひおけ》からは香の薫りが漂い、衣に焚《た》きしめた香りとまじり合って実に優雅である。こんなに人の気配はありながら明石御方の姿だけが見えず、手習いのように書き散らした反故《ほご》もそのままなので、見ると姫君の返歌のそばには「めづらしや花のねぐらに木づたひて谷のふる巣をとへる鶯」（めずらしいこと。花のねぐらのようなところにおいでのあなたが、谷の古巣の母を忘れず言問《ことと》うてくださるとは）などと書きつけてある。

源氏も気なぐさみに筆を濡らして何かと書きつけているところに、明石御方が入ってきた。源氏が選んで贈った白い小袿《こうちき》を着ているが、梅の折枝や、蝶、鳥の紋が織り出されたみごとなもので、そこに黒髪がくっきりと流れているのは、何ともなまめかしく、なつかしく、新年早々の紫上の嫉妬も怖かったが、結局ここに泊まってしまった。

案の定、翌朝帰ると、紫上は口をきいてくれない。源氏は、「ちょっとうたた寝をしただけですのに、貴女はまあ起こしてもくださらないで」などと言いわけしつつ、ご機嫌をとるのだった。

今年は隔年に行われる男踏歌《おとことうか》（四位以下の若人たちが催馬楽《さいばら》をうたい貴族の家をめぐる）の年であった。六条院では待ちうけて破格の接待をした。源氏の息子の夕霧や内大臣の子息たちの風姿《ふうし》が特にすぐれて見えた。ほのぼのと明けゆく空に雪がちらつき、「竹河」などを謡いながらゆったり舞う姿が印象的だった。源氏は夕霧の声を賞《め》で、成長した息子をいとしいと思うようすであった。

第二十四帖 胡蝶《こちょう》

紫上の春の雅び

三月も半ば過ぎ、源氏の六条殿は春の景色に彩られ馥郁《ふくいく》とした気配に満ちていた。ことに春を好んだ紫上の庭の池は、秋好中宮《あきこのむちゅうぐう》の庭につづくものであったが、境は小さな島山を隔て、靄々《あいあい》とした春の生気がほのかな霞《かすみ》につつまれていた。

源氏はかねて造らせておいた龍頭鷁首《りょうとうげきす》の美麗な船を秋好中宮の庭の池に浮かべ、唐《から》子《こ》のようによそおわせた童《わらべ》たちに棹《さお》ささせて、中宮方の若女房を船に乗せると、島山の岬をめぐり紫上方の池へと漕《こ》ぎ出させた。このことを耳にして上達部《かんだちめ》や親王《みこ》たちもたくさん集っていたが、春の風景の中に浮かび出たこの船からは雅楽寮《ががくりょう》の楽人たちによって船上楽が奏され、人々はまるで異国にあるような夢心地の中で歌を詠《よ》み合った

稲田和正氏は春の御殿に舞う胡蝶を
淡彩で描かれた。
胡蝶の沈んだ色調が
場を引き締め、
春の心の奥行きをみせている。

稲田和正

りした。

船はやがて釣殿《つりどの》に着けられ、ここで紫上方の女房と中宮方の女房は一緒になり、夜は夜すがら管絃の遊びが行われたが、上達部、親王たちも得意の楽器を手にし、催馬《さいば》楽《ら》の歌などがしきりにうたわれた。その楽音は中宮の耳にも届き、中宮は軽々しくそこへ行けぬ身分を口惜しまれた。

ところで、若い貴公子たちにとっては、この風流をきわめたお遊び以上に気になるのは、西の対に住まう玉鬘《たまかずら》のことである。なかでも兵部卿宮《ひょうぶきょうのみや》（源氏の異母弟）は、北の方も亡くなって寂しい暮らしだったので、特別に心化粧《こころげそう》をして藤の花を挿頭《かざし》にし、酔いをよそおいはなやいでおられるのを、源氏は好もしく眺めていた。

明ければ中宮御殿で春の御読経《みどきょう》はじめが行われるというので、人々は衣裳を改めて中宮方へ参向される。その法会《ほうえ》の場に紫上方から花が奉られる。例の船に、鳥姿の装《しょう》束《ぞく》をした童に桜を生けた銀の花瓶《かびん》を持たせ、蝶姿の装束をした童には金の花瓶に山吹を生けたものを持たせて乗せ、中宮方に漕ぎ出した。折からの風に花片が少し散り乱れる風情は何ともいえない。夕霧は紫上からの消息をお届けする。

花ぞのの胡蝶をさへや下草に秋まつ虫はうとく見るらむ

（秋好中宮さまは、花ぞのの胡蝶さえ、秋まつ虫に比べて思い劣りするものとごらんになるのでしょう）

これは昨秋、中宮が紫上にみごとな紅葉を添えて「こころから春待つそのはわが宿の紅葉を風の伝《つ》てにだにみよ」と詠まれた風流へのお返しなのであった。中宮はそのことを心得て、「胡蝶にもさそはれなまし心ありて八重山吹をへだてざりせば」とお返しになり、昨夜の遊楽の場に行けなかったことを残念そうに書きそえられた。

ところで源氏は、玉鬘に取り次いでもよい消息を、兵部卿宮、髭黒大将《ひげぐろのだいしょう》、柏木《かしわぎ》の三人に絞っていたが、じつは養父である源氏自身がその魅力にとりつかれ、親だからよかろうと添い臥《ふ》しまでする有様。これが玉鬘の悩みの種であった。

第二十五帖　蛍《ほたる》

玉鬘の悩ましさ

玉鬘《たまかずら》は源氏の懸想《けそう》の執拗さに悩みながら、その一方で源氏が異母弟の兵部卿《ひょうぶきょう》をしきりに斡旋するのも不愉快で、お返事もはかばかしくなさらない。兵部卿は五月雨《さみだれ》も近い頃、源氏のはからいで玉鬘のもとに行けることになり、心化粧《こころげそう》も忍びやかにおでましになる。

人の悪い源氏は兵部卿がどんな恋をささやかれるかと興味をもって、お部屋の香りをはじめ情緒の演出に心憎い気の使いようだ。姫君はお部屋の中に逃げ籠りたかったが、源氏にうながされ、母屋の几帳のもとまですすみ出る。

宮はしんみりとした調子で話しかけられるが、玉鬘はお返事の言葉をさぐってたゆ

上村松篁

上村松篁氏は、源氏が蛍を放って、
その光に浮かび上がった
玉鬘のすばらしさを
兵部卿宮にかいま見せるところを描かれた。
夏の色調の涼しげな華やかさが場面を引き立てる。

たっている。そのとき玉鬘につき添っていた源氏がつと近づき、几帳の垂《た》れ布を引き上げるやいなや、さっと光るものを手から放した。急に紙燭《ししょく》を差し出されたかとあきれてよく見ると、それはあらかじめ包み隠していたたくさんの蛍《ほたる》を、一度に放したのだった。

姫はおどろいて扇で顔を隠したが、そのとき見えた横顔の美しさはとびきりだった。源氏がこんないたずらめいたことをしたのは、世間が玉鬘のことを源氏の娘だという思い入れから騒いでいるのだろうが、玉鬘自身の本当のすばらしさを兵部卿に見せつけてやりたいという思いからだった。

そして、宮は源氏の思いどおり玉鬘の美しさのとりこになった。

なく声もきこえぬ虫のおもひだに人の消つには消ゆるものかは　　兵部卿宮

（鳴く声も立てぬ蛍の思いの火さえ、人が消しても消えないもの。私の思いの火が消えるはずもありません）

こゑはせで身をのみこがす蛍こそいふよりまさる思ひなるらめ　　玉鬘

（声も立てず身ばかり焦がす蛍のほうが、口に出していうよりきっと、増さる思いをしているのでしょうよ）

その後源氏は「兵部卿はどうだった」などと相変わらず暇をみては玉鬘のもとを訪問、恋の世話をやき、訓戒し、その親めいた心づかいは、あのいやな愛の訴えさえなければ理想的なのだった。

五月雨の頃のこと、人々は季節の物憂さを晴らすのによいと物語に興じていたが、源氏は玉鬘のお部屋で物語についての考えを述べ、その虚実にこもる意味の深さを教えるのである。しかしその果てはまた、「それにしても私の思いの火ほど馬鹿正直なものはありませんよ」などと言って、困惑しきった玉鬘の髪をかき撫《な》でつつ訴えないではいられない。

ところで夕霧はというと、明石姫君の雛《ひな》遊びのお相手などしながら、自ずから雲井《くもいの》雁《かり》と無邪気に遊んでいた日のことを思い出して悲しくなるのだった。

第二十六帖 常夏《とこなつ》

夏の恋を秘めた花

たいそう暑い夏であった。源氏は夕霧ともども池の上に設《しつら》われた釣殿で涼みながら、桂川《かつらがわ》の鮎や賀茂川《かもがわ》の小魚などを料理させているところへ内大臣の息子たちが夕霧をたずねてやって来た。

人々は一座して氷水を飲んだり、水かけごはんなどを取り寄せ賑やかな夕餐となる。噂になったのはこの春から内大臣が外腹の息女として引き取った姫君。どうも芳《かんば》しい人物ではないらしい。源氏はひそかな優越感に満足して、玉鬘《たまかずら》のもとに渡っていった。この前栽《せんざい》には唐瞿子《からなでしこ》、倭瞿子《やまとなでしこ》が色どりよく植えてあったが、夕映えてじつに美しい。月もない時節ゆえ篝火《かがりび》の趣が深いからと、その一台を部屋近くに立てさせてある。

正井和行

正井和行氏は釣殿の小宴の涼しさと
対の屋に住む玉鬘の清婉《せいえん》な美を、
常夏（瞿子《なでしこ》の古名）の前栽に表象させて
描いておられる。
夏の恋がひそむ気配である。

玉鬘の部屋には和琴（六絃）がよく調べととのえられていた。源氏は玉鬘が和琴を好むのを喜び、当代一の和琴の名手こそ内大臣だと打ち明ける。「和琴は東琴《あずまごと》などともよばれ、その名も侮《あなど》りやすげだが、じつはよくできた楽器で、さまざまの音色や拍子までととのえてもっているようなすぐれものです。ちょっとした菅掻《すががき》（六絃全部を弾く）の中にも万《よろず》の音色が籠りひびくものですよ」と言ってご自分でも少し弾いてお聞かせなさる。

若君達《わかきんだち》方もいつしか帰っていった。源氏は「何とか内大臣にも玉鬘の君が居られる花園をお見せしたいものです。昔、ちらっとあなたのことを洩れ聞いたこともありましたが」と言って歌を詠まれた。

なでしこのとこなつかしき色を見ばもとの垣根を人やたづねむ　源氏
（なでしこのいつも変わらぬなつかしい色を見たなら、もとの垣根に咲いていた夕顔のことも詮索《せんさく》されますね、あなたを隠していたこともね）

山がつの垣ほに生ひしなでしこのもとの根ざしをたれか尋ねむ　玉鬘

（私のような者の母のことなど、誰がいつまで問題にしたりするでしょう）

源氏はこの美しくなつかしげな玉鬘の処遇をめぐってしだいに追いつめられていった。兵部卿宮《ひょうぶきょうのみや》か髭黒大将《ひげぐろのだいしょう》に許してしまえば、はたして自分の思いは鎮まるのか。いや、今は琴を教えることを理由にいっそう近く馴れ寄り、姫君にも安心感が見えはじめたし、いっそう愛敬づき魅力的である。邸内に婿を迎えて、自分も隙々には情を交わしたい、などけしからぬことを考える。

一方、内大臣が迎え取って悪評高い近江君《おうみのきみ》という姫は、人はよいのだが軽率で、可愛らしいが下衆《げす》っぽく、声は浮わついて早口である。義理の姉にあたる弘徽殿女御《こきでんのにょうご》も、父内大臣の依頼を受けて面倒をみることにはなりながら、いざ消息を交わしてみると、自信満々で書いてきた手紙の筆跡も若女房たちの笑いものになるばかりで、すっかり困り果ててしまうのだった。

第二十七帖 篝火《かがりび》

玉鬘をめぐる源氏と公達

世間の噂話に、最近内大臣が引き取った今姫君のことがあれこれと多いのを耳にした源氏は、これも内大臣の軽率な取り扱いに原因があると批判的である。玉鬘《たまかずら》はそれにつけてもわが身を内省し、源氏の恋慕めく心は心として、あながちに無体なことをされるわけではないので、やはりありがたいことに思って、なつかしく打ち解けてゆくのだった。

やがて秋になった。涼しい風が肌に心地よい頃になると、源氏は忍びがたい思いに駆られ、玉鬘のもとにしばしば通って琴などを教えたり、時には琴を枕に添い臥しさえされるのだった。

上村淳之氏は、篝火の火明かりに浮き出た　上村淳之
御簾の向こうの玉鬘を描かれた。
静謐《せいひつ》な玉鬘の姿に、
宿世《すくせ》を負った女人の命運に対する敬虔《けいけん》な思いを
感じたと言われる。

それでも人に怪しまれぬ先にと帰りを急ぐのだが、見ると御前の篝火《かがりび》が少し消えかかっている。人を呼んで焚《た》く火を加えると、その火明かりに浮かび上がった玉鬘の姿はじつに優美で、見る甲斐ある夏姿である。たっぷりした黒髪の手ざわりは夏ながら冷ややかで、いかにもつつましく恥ずかしそうに身を保っているようすはすばらしく魅力的だ。源氏はそこでつい帰りかねてためらってしまう。

篝火にたちそふ恋のけぶりこそ世には絶えせぬほのほなりけれ　源氏
（篝火とともに燃える恋の炎は、この世に消えることもないものなのでした。この苦しみはいつまで続くのでしょう）

行方なき空に消《け》ちてよかがり火のたよりにたぐふけぶりとならば　玉鬘
（ゆくえなく立ち上る煙なら、あの空に消えてしまうはず、どうぞ思いの火もそうなさってください）

源氏が「では」とあきらめて帰ろうとすると、夕霧の東の対の屋のほうからおもしろい笛の音が箏《そう》の琴に合わせて流れてきた。「ああ、頭中将《とうのちゅうじょう》の笛だな。何とまあ特別ないい音を出すものだ」と耳を傾け、伝言の使者をお出しになる。「私の居るところはとても涼しげな篝火の庭で、つい居坐《いすわ》っているんですよ」と言ってやると、一同よろこんで渡って来た。

源氏は上機嫌で、「風の音も秋かと思わせる笛の音に耐えかねてお招きしたのですよ」と言うと、夕霧は音色を盤渉調《ばんしきちょう》（高調子）に改めて笛を吹く。頭中将は玉鬘の前だと思い緊張していたが、源氏にうながされ、忍びやかにいい声で歌を披露した。源氏は「御簾の中には音楽にも理解の深い方がおいでのようだ」と気をもたせ、また、「今宵《こよい》は盃なども心していただこう。どうも年寄は酔うと何を言い出すかわからないもんでね」などと言われる。玉鬘にもその言葉は身にしみるものだった。

玉鬘は本当の兄弟だと思うので、頭中将や弁少将に心を留めて見守っていたが、頭中将のほうは恋心一筋に玉鬘のことを思いつめているのだった。

第二十八帖　野分《のわき》

野分の日の麗人たち

秋好中宮《あきこのむちゅうぐう》の秋の庭苑はさすがのもので、この世とも思えぬ花野の景色をみせていたが、ある日、激しい野分《のわき》が吹き荒れた。花野の花も揉《も》みしだかれ、大空を掩《おお》う袖があればいいのにと思うほどであった。

源氏の住まいのほうももちろん烈風に吹き晒《さら》され、妻戸《つまど》は開《あ》いてしまうし、屛風《びょうぶ》も倒れてしまうという有様のところに夕霧がお見舞いにかけつける。すると思いがけず、開いた妻戸越しに紫上の姿が見えた。それは気高く、清らかに、匂うようで、春の曙《あけぼの》の霞の間より樺桜《かばざくら》が咲き乱れているような馥郁《ふくいく》とした艶な風情であった。これほど美しい人をかつて見たこともなく、胸のときめくままに、父が自分に決して紫上を見せ

大塚明氏は野分の朝の麗人《れいじん》たちのさまざまな人生を、　大塚明
花野に吹き送られたひとかさねの女装束に
抽象させて描き、
「人生の夢幻泡影」という言葉を
添えられた。

ようとしなかった理由がわかるような怖ろしさが湧いた。

夕霧は祖母大宮をお守りしてその邸内に宿直したが、終夜、紫上の面影を追っている自分に気がついた。しかし翌朝は早朝から野分のお見舞いで忙しい夕霧である。まずは父の使いとして中宮方へ参上。薄霧につつまれた庭には、色さまざまな衣を着た童女たちが草花を折り取ったり、虫籠に露ある草を入れたりしていて、野分のあとの艶なはなやぎが漂っていた。

やがて源氏も女性の方々のお見舞いに廻られる。そのお供をして夕霧も明石御方や、つづいては玉鬘《たまかずら》のもとにと参った。ところが、そこで夕霧は、野分見舞いにかこつけて馴れ馴れしく玉鬘を抱き寄せる源氏を見て驚愕《きょうがく》する。そしてまた、玉鬘の美しさに目を瞠《みは》り、咲き乱れた八重山吹が露を帯びた風情だと比喩した。

花散里の部屋では、夕霧のための衣料の布が美しい彩《いろど》りで広げられていた。それから夕霧は明石姫君を訪《おとな》い、そこでふと雲井雁《くもいのかり》が恋しくなって、料紙《りょうし》を請《こ》い、こまごまと手紙をしたためて使いをたてるのだった。手紙の末にはこんな歌が書かれていた。

「風さわぎむら雲まがふ夕《ゆふべ》にもわするる間なくわすられぬ君」。

やがて明石姫君が紫上のもとから帰られるというので女房たちがざわめく気配がす

る。夕霧は久しぶりに逢う姫君を几帳の隙間からのぞき見すると、これはまた花にたとえるなら薄紫の藤の花のような優雅さである。その匂うようなたおやかさに、姫君の行く末の栄えまで見えるように思われるのだった。

最後にまた祖母君のもとに参ってみると、折ふし内大臣がおいでになった。大宮はしきりに孫の雲井雁と逢っていないことを歎かれる。内大臣も、「やがて参上させるようにいたしましょう」と答えながら、ついでに「女の子はどうも苦労が多くてもつべきものでもありません」などと、夕霧とのことをまだ根にもっているような口つきである。大宮はそこで口をつぐまれたが、内大臣はさらに、あの軽薄な娘の近江君《おうみのきみ》に困却《こんきやく》していることも話し出し、一度母君にもお引き合わせしますなどと言ったらしいようすである。

第二十九帖 行幸《みゆき》

玉鬘の成人

源氏は玉鬘《たまかずら》に対する感情の鎮めがたさに苦しんでいた。その年の十二月、大原野行幸《おおはらのみゆき》の儀があったが、このたびは左右大臣、内大臣、納言以下残らず供奉《ぐぶ》という華麗をきわめたものであったから、見物の人で行幸の道は埋めつくされたのである。

玉鬘も源氏のお声がかりで行幸見物に出た。実父の内大臣の姿を見ることに心ときめかせ、きらきらしく清《きよ》げな男盛りの姿に満たされたが、御輿《みこし》の内の帝は格別だった。源氏とそっくりだし、気品高い端正さに威厳も加わった美しさは比べるものがなかった。蛍兵部卿《ほたるひょうぶきょう》そのほかの方々も霞んでしまい、髭黒大将《ひげぐろのだいしょう》などは女性の美観からは特別に失格と見えた。

下保昭氏は「行幸」に焦点を当て、
冬霧の立ちこめる
大原野に分け入る冷泉《れいぜい》帝のお姿を
水墨の滲《にじ》みの彼方《かなた》に幻視《げんし》された。

下保昭

翌日、源氏は玉鬘に「帝をごらんになりましたか。帝にお仕えするお気持ちにはなりませんか」と消息する。玉鬘はふと、帝に好意を抱いた一瞬を見ぬかれたようにどきんとした。しかし源氏の心情はいっそう複雑だった。玉鬘が源氏の女《むすめ》として出仕すれば、その出生を偽《いつわ》ったことになる。いっそこの際、内大臣に事情を打ち明けてしまうべきか、と迷うのである。ともかく、玉鬘にとって適齢期のはるかに過ぎている裳《も》着《ぎ》（成人として初めて裳を着ける）の式は、これ以上遅らすわけにはいかないので、その仕度をすすめなければならないところにきてしまった。

源氏はその式の腰結《こしゆい》の役を内大臣に依頼し、それを機会にいっさいを打ち明けてしまおうと考えている。そこでまず、内大臣の母君の大宮に玉鬘のことを打ち明け、大宮邸に内大臣をお招きいただいて話し合おうと計画を立てた。久しぶりで会った源氏と内大臣はしだいに打ち解けて昔の青春時代を回顧し、親友として語り合うのだった。そのなかで夕顔の忘れ形見の玉鬘の真相も明らかにされ、内大臣も思わず落涙《らくるい》して裳着の役を引き受けることになった。

こうしたのち正式に公表された玉鬘の裳着には、諸方からおびただしいお祝いが集まった。当日、内大臣は早々に参上して、娘との対面をふしぎな気持ちで待ちうける。

一方、源氏は内大臣を夜更けてから玉鬘の御簾の中に招き入れたが、灯はいつもより明るくともして、心づかいのあるもてなしである。内大臣は感きわまって歌を詠みかけた。

うらめしやおきつ玉もをかづくまで磯がくれけるあまの心よ　内大臣
（沖の玉藻が沈んでいるように、今まですっかり隠しておられたことに、さすがにお恨みも申し上げたい）

よるべなみかかる渚にうち寄せてあまもたづねぬもくづとぞ見し　源氏
（よるべもなく私の渚に打ち寄せられたものを、親もたずねぬ藻屑《もくず》かと思ったのですよ）

人々はこうして玉鬘の出自が明らかにされると、心理的な複雑な波紋が広がってゆくのを止められなかった。

第三十帖 藤袴《ふじばかま》

尚侍となる玉鬘の心中

玉鬘《たまかずら》が尚侍《ないしのかみ》として宮中に上ることは誰もがおすすめすることだった。しかし玉鬘は宮中に上って、もし帝のお心に止まるようなことになれば、弘徽殿女御《こきでんのにょうご》や秋好中宮《あきこのむちゅうぐう》との間柄も円満には保てなくなるし、また自分の立場とてそうした厄介《やっかい》が生じたときは、源氏方からも内大臣方からもそれほど重んじられる存在ではない。そう思うと玉鬘の悩みは深かった。

その頃はちょうど大宮の喪中で、玉鬘は喪服を着ていたが、そこに同じく喪服の夕霧が直衣《のうし》姿で訪ねてきた。ついこの間までは姉弟として接していたので、今も御簾、几帳を隔てただけで応対する。源氏からの伝言で、帝が出仕を求めておられるとの内

野々内良樹

野々内良樹氏は露にしめる藤袴の、
おぼおぼとした薄紫の余情の広がりに
物語のこころを託《たく》された。
一羽のせきれいが何事かを
訴えているようである。

容だった。
夕霧は実の姉でないことを知ってから玉鬘への思いが一気に燃え上がっていた。夕霧は人を遠ざけたのち、「帝の思召《おぼしめし》が特別なので心づかいするように」と心配を述べたついでに、手折ってきた藤袴《ふじばかま》の花を御簾の端から差し入れ、「この紫のゆかりも特別にごらんいただきたいものです」と訴えた。そして、それを手に取ろうとした玉鬘の袖を引き止めて歌を詠みかけた。

おなじ野の露にやつるる藤袴あはれはかけよかごとばかりも　　夕霧
(同じ野の露にやつれて喪に服しているどうしですもの、かたちだけでも好意をみせてくださいよ)

たづぬるにはるけき野辺の露ならばうす紫やかごとならまし　　玉鬘
(たずねてみて、他人ほど遠い野辺の露ならともかく、従姉弟なんですもの、薄情なんて言わないでね)

夕霧はついでに秘めていた恋を打ち明けたが、取り合ってはもらえなかった。帰邸して源氏に復命した夕霧は、玉鬘の身のなりゆきについて、世間の取り沙汰にどう対応したらいいのかを話し合った。

やがて喪が明け、玉鬘参内の話が再び浮上すると、熱心な求婚者たちは失望したが、実の兄だとわかった柏木は父内大臣のお使いとして玉鬘を訪問し、来《こ》し方の恋の迷いの妖《あや》しさを告白するのだった。

一方、髭黒大将《ひげぐろのだいしょう》は、部下の柏木を通して玉鬘の婿《むこ》として不足ない立場を訴えた。大将は東宮の母、承香殿女御《じょうきょうでんのにょうご》の兄であったが北の方ともそりがあわず、できるなら離婚を望んでいた。源氏、内大臣に次ぐ地位の方で、玉鬘の参内が十月に予定されているのを知って、「この九月だけはまだ自由があると頼みにしています」などと歎いた消息を届けてきた。また兵部卿宮《ひょうぶきょうのみや》は、「朝の光のような帝を仰がれるにつけて、朝霜のような私を忘れないでほしい」と言ってこられる。玉鬘はこの兵部卿宮にだけ御返事を書いた。

「こころもて光にむかふあふひだに朝おく霜をおのれやは消つ」（どうして貴方《あなた》様を忘れたりはいたしましょう）と言っている。

第三十一帖　真木柱《まきばしら》

髭黒家の離散と玉鬘

源氏は玉鬘《たまかずら》が髭黒大将《ひげくろのだいしょう》の妻になってしまったことを残念に思ったが、万事穏便に世間体悪くないようにと取りはからった。帝も尚侍《ないしのかみ》として身近に仕えさせるはずだったので残念がられたが、やがて十一月になると神事が忙しくなり、やはり尚侍として出仕するよう求められた。

玉鬘は髭黒の妻となったことを源氏に恥じ、また蛍兵部卿《ほたるひょうぶきょう》のことを思っては悲しんだ。一方、髭黒大将は玉鬘を迎えるため自邸の修理をはじめたが、このことから日頃からしっくりいかない北の方との間がしだいにこじれていった。北の方の父君の式部《しきぶ》卿宮《きょうのみや》は、娘が世間の笑い物にされぬうちに引き取ってしまおうと考えられる。

村田茂樹氏は真木柱が別離の歌を挿《さ》しはさんだ　村田茂樹
孤独な柱を中心に、
女主人の居なくなった
人気のない冬の邸の、
暗い寂しい雰囲気を描き出された。

そうするうち北の方の心の弱り目につけ入ったように、物の怪が取りつき、いっそう北の方の異常さは目立つようになった。ある雪もよいの夜、玉鬘のもとに出掛けたいと思っている髭黒に、北の方は突然起き上がって伏籠《ふせご》の下の火取りを摑《つか》むと、さっと浴びせかけたので、一面にもうもうとした灰神楽《はいかぐら》が立ちこめ、髭黒も呆然と立ちすくんでしまった。これも物の怪のしわざと思えば哀れではあるが、騒ぎ乱れる北の方には人々も困りはて、これでは夫に疎《うと》まれるのもしかたないと思う。

髭黒と北の方の間には十二、三歳になる姫君と二人の男の子があった。式部卿邸に引き取られる日は、今にも雪になりそうな心細い日であった。姫君はもう一度父に会いたいと思ったがかなわず、部屋の柱の干割《ひわ》れした隙間に一首の歌を書いた紙を、押し入れて去っていった。

今はとてやど離《か》れぬとも馴れきつる真木の柱はわれを忘るな

（今日を限りに家を離れて行ったとしても、真木の柱よ私を忘れないでね）

式部卿宮は源氏が須磨に引退されたとき、紫上の父として冷淡だったことを源氏が根にもっているだろうと、このたびの運命につけても宿世《すくせ》を思われるのだった。

玉鬘は尚侍となって参内したが、帝は聞きしにまさる玉鬘のすばらしさに、これを手放したくないと思い、さまざまに言葉をかけられたが、そのことで心配になった髭黒や、内大臣のはからいで、早々に退出することになった。源氏は里に下った玉鬘に久しぶりで消息を届け、侍女の右近は人のいない所でそっとお見せする。今や玉鬘もしみじみと源氏を恋しく思い、源氏も玉鬘の返事を広げて涙がこぼれそうになったが、どうしようもなかった。ただ主なき玉鬘の部屋に行き、春の花だけが咲きつぐのを見つつ、もうすっかり手の届かぬ所に行ってしまった玉鬘のことを恋しく思うのだった。

髭黒の若君たちは玉鬘によくなつき、姉の真木柱《まきばしら》に玉鬘のやさしさを伝えて羨《うらや》ましがらせた。そして玉鬘は、この年十一月髭黒の男の子を出産したのである。

第三十二帖　梅枝《うめがえ》

明石姫君入内の準備

明石姫君は十一歳になった。東宮の元服も近く、それに従って姫君の入内の準備もととのえられてゆくようである。

源氏邸ではこうした折ふしに、女性の方々のお好みの薫物《たきもの》を比べてみようということになり、珍しく紫上と源氏が互いの秘法による調合を競い挑み合っていた。そこにちょうど兵部卿宮《ひょうぶきょうのみや》がみえ、庭前の花を賞《め》でておられるところに、朝顔前斎院からお便りと薫物が届けられる。兵部卿宮はかねて源氏が前斎院に心を寄せていることを知っていて、しきりに手紙の内容を知りたがったが、源氏はさりげなく隠してしまい、むしろ今日こそ、この兵部卿を判者《はんじゃ》にして、たくさんに集まっている香を炷《た》いてみるこ

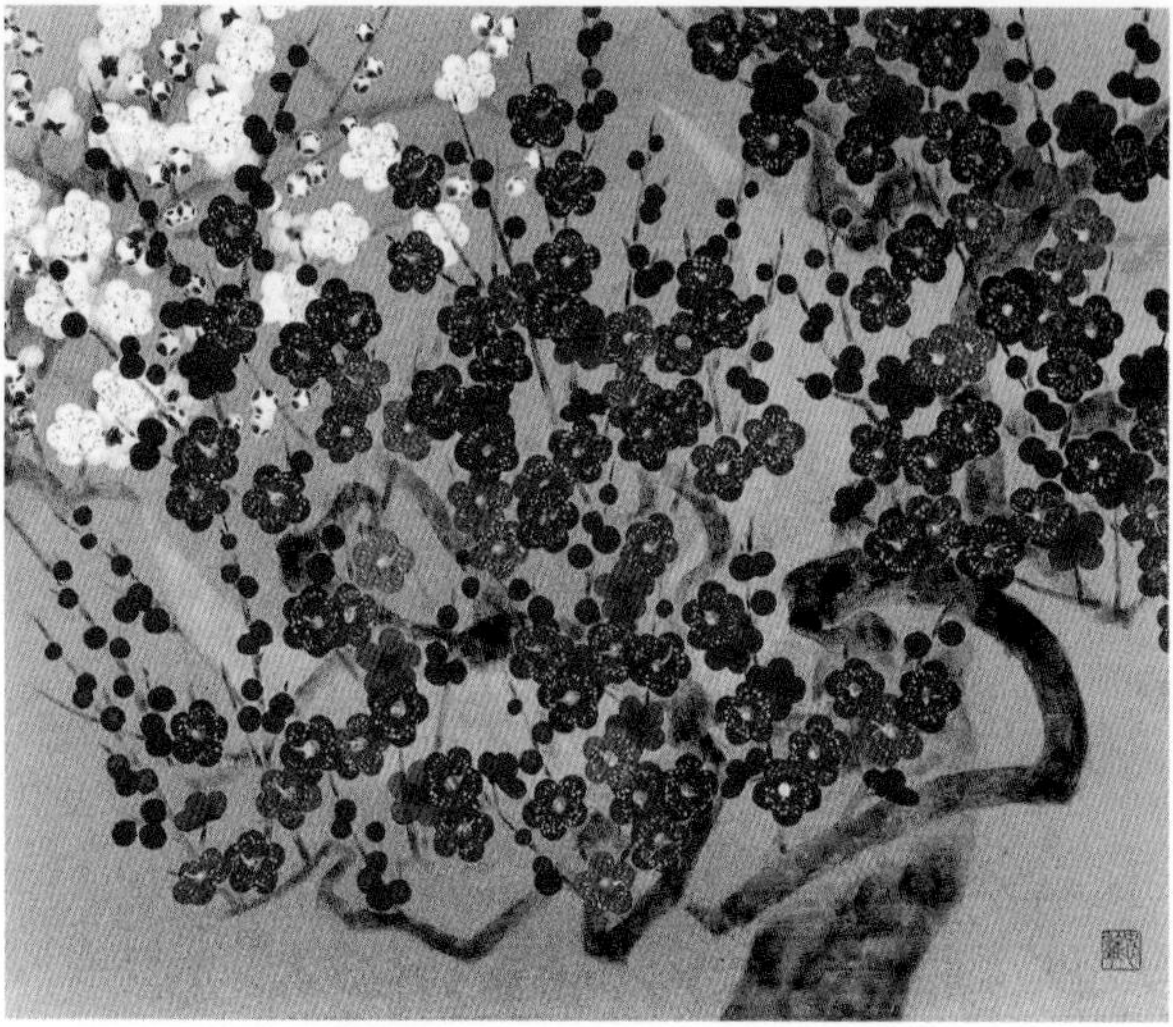

岡崎忠雄

岡崎忠雄氏は、あの薫物《たきもの》合わせの頃の
六条院の梅を描かれた。
力ある枝のうねりと、
艶麗《えんれい》な花の生命が、
姫君入内の気配を漂わせている。

とにした。

趣味人の兵部卿はさまざまに香を聞き分けられた。前斎院が合わせた「黒方《くろほう》」という香は、しっとりとゆかしい匂いがきわだっていた。源氏は「侍従」を炷いたが、それは特別になまめかしく、なつかしい香りである。紫上は「梅花」の香を炷いた。いまめかしく若やかな心をそそられるもので、まだ知らぬ珍しい香りを含んでいた。花散里は例の控え目な心から、「荷葉《かよう》」を一種合わせただけだったが、それがかえって場面を変え、しみじみとしたなつかしさが生まれた。

明石御方はことさらに凝《こ》りたてて人々の挑みに負けるのもつまらないと思い、伝統ある百歩香《ひやくぶこう》の調合によって「薫衣香《くのえこう》」を合わせたが、その考案はじつにみごとで、兵部卿はついにどれにも勝劣がつけられなかった。折ふし雨の名残の雲間から朧月《おぼろづき》も顔を出し、六条院は薫香《くんこう》につつまれていた。人々は艶な気分に酔い心地となり、管絃を取り寄せ、和歌を詠み交わして優雅な一夜を楽しんだのである。

明石姫君の裳着は盛大に行われ、秋好中宮《あきこのむちゅうぐう》がその腰を結ぶ役をされた。その筋の姫君たちはこの勢いに圧倒されたが、源氏はしばらく入内を控え、まずこの時左大臣であった家の三の君が入内し、麗景殿女御《れいけいでんのにょうご》となった。源氏は姫君のために、さらにすぐれた書を集めようとした。

女手では故六条御息所《ろくじょうのみやすんどころ》や故藤壺中宮の手がすぐれていたが、当代では朧月夜尚侍《ないしのかみ》と朝顔前斎院、そして紫上の三人がすぐれているということになった。さらに源氏は、男性によるかな書きを若公達にも試みさせ、兵部卿宮にも依頼した。そして、決して上手とはいえぬ兵部卿宮が持って来られた書を見て一驚した。宮の筆跡にはむしろ、悪びれぬ美しさがあった。「筆澄みたる」気配の筆跡で、上手下手を超えた気韻《きいん》が圧倒的な書きぶりであった。

話は変わるが、夕霧はまだ妻が決まらず、源氏はそれを心配した。右大臣家や、中《なか》務宮《つかさのみや》家からしきりに婿にと望まれたが、夕霧の心には雲井雁《くもいのかり》があるばかりである。内大臣は、美しく成長した姫と夕霧の間がいつしか自分の強情な意地からこじれてしまったことに深い心痛を覚えるのだった。

第三十三帖　藤裏葉《ふじのうらば》

夕霧の結婚

明石姫君の入内が近づく忙しさのなかでも、夕霧は雲井雁《くもいのかり》のことを思ってぼんやりとし、雲井雁はまた、夕霧が中務宮《なかつかさのみや》の婿になるのではないかという噂に傷つき、互いにしっくりしない関係がつづいていた。

三月になると、夕霧や雲井雁の祖母であった亡き大宮の法事があったが、内大臣は法会も果てて花の散り乱れる庭を眺めながら、思いがけず夕霧に声をかけ、「私のような老人をお見捨てくださるな」と言った。夕霧に対する心が折れたのか、やがて内大臣邸の藤の花が盛りを迎えると、内大臣は夕霧の親友である息子の柏木を使いに立て、藤の宴に招待したのだった。

林潤一氏は今を盛りの藤の花のような雲井雁を、
夕霧に手渡す親心の深さに
思いを馳《は》せつつ藤の花を描いた。
「君し思はばわれも頼まむ」の心である。

林潤一

源氏もこのたびは手ずから夕霧の装束を選び、若さが映《は》える特別な二藍《ふたあい》（紅を帯びた藍色）の衣を届けさせた。たそがれも過ぎる頃、夕霧は入念に化粧して引きつくろって邸を出る。内大臣邸ではたいへんな歓待ぶりで、大臣は夕霧に「春の花は散り尽くしたが、藤の花だけが後れて盛りを迎えているのもなつかしいでしょう」と謎めく言葉で語りかけた。自身も酔いに紛らした風情をよそおい、はじめて雲井雁との仲を許すと仄《ほの》めかされた。

大臣はしお時をみて、「藤の裏葉《うらば》の」と古歌を口誦《くちずさ》むと、柏木が花房を添えた盃を夕霧に差す。古歌は「春日さす藤の裏葉のうらとけて君し思はばわれも頼まむ」というもので、これで正式に結婚が許されたのである。夕霧は柏木に導かれて雲井雁の部屋に入った。美しく成長した雲井雁は恥じらいながらも、苦しかった忍耐の日々を言い出し、夕霧も、幸福を味わいながら過去をふりかえるのだった。

夕霧が帰ってから届けられた後朝《きぬぎぬ》の文（女のもとから帰った男が届ける文）は、大臣も手にして眺め、そのみごとな筆跡に感心したようすである。大臣は婿の夕霧に満足し、源氏は一夜明けた夕霧の姿に艶やかな光が加わったのを見守るのだった。

ところで明石姫君の入内に話を戻すと、本来なら紫上がつき添ってお世話するはずだが、六条院の女主《おんなあるじ》としてはずっと添いきれない時もあろうと考え、これを機会に実母の明石御方を代わりにと申し出た。これには源氏も「よく思いついてくれた」と感謝し、明石御方もひじょうに嬉しく思い、準備をすすめたのである。

はじめの夜は紫上がつき添い、三日過ぎて退出する時、代わって明石御方が参上し、紫上と対面した。互いに源氏が深く心を止めている女性として、「なるほど」と認め合うところがあった。そして明石御方は姫君の理想的な成人ぶりに涙し、そこに紫上の育みの並々ならぬ力を見るのであった。

年が明けると源氏は四十の賀を迎える。准太上天皇《じゅんだいじょうてんのう》となり、さまざまな栄誉が加えられた。また内大臣は太政大臣となり、夕霧は中納言に昇進し、大宮の遺邸三条殿を修理して住むことになった。

第三十四帖　若菜（上）《わかな》

源氏四十の賀と女三宮

朱雀院《すざくいん》は六条院行幸《ろくじょうのいんみゆき》の盛儀のあと、体調も思わしくなく、かねての念願だった出家を望まれたが、最愛の女三宮《おんなさんのみや》の将来が決まっていないのが心残りだった。まだ十三、四歳という御年齢で、その生涯を託すに足る人物を詮議《せんぎ》してみたものの、結局、夫として、また時には親代わりとして面倒をみてくれるほどの人物は、源氏以外には見当たらなかった。

院は女三宮の裳着の祝いを盛大に催したのち、出家を遂げられた。お見舞いに参上した源氏に院は女三宮降嫁《こうか》のことを懇切にご依頼になり、源氏は紫上の嘆きを思い、深く煩悶《はんもん》するのだった。

岩澤重夫

岩澤重夫氏は、源氏に若菜を献ずる
玉鬘を描かれた。
二人はそれぞれの齢を重ねるなかで、
互いに人間的な美質のなつかしさを
回想できるようになっていたのだ。

隠してもおけず、源氏は紫上に事の次第を打ち明け苦しい胸中を洩らしたが、紫上はそれなりの覚悟をしていて、この逃れがたい運命を受け入れてくれた。源氏は四十歳の賀を行う年である。一番にお祝いの若菜《わかな》を献じにあらわれたのは玉鬘《たまかずら》で、二人の幼い若君を伴っていた。久しぶりに会う玉鬘は貫禄も備わった女盛りの美しさで、源氏は可憐な振分髪《ふりわけがみ》の幼童を見ながら、玉鬘に「こうして貴方が一番先に、私の老いを実感させるのですね。じつにさびしい」と感慨を洩らした。

やがて人々が集まり、太政大臣・兵部卿《ひょうぶきょう》、柏木、そして源氏も加わり管絃の秘術を尽くす宴となった。暁に玉鬘は帰る。源氏は尽きぬ名残を思い、玉鬘も源氏の心がしだいに深く身にしみる齢《よわい》になっていた。

女三宮の降嫁は三月である。三宮はまだ子供っぽく、ただ美しく若びていた。紫上は侍女たちの不満をたしなめながら、じつは空閨《くうけい》のさびしさに涙がちであった。ある日の三宮はみごとな調度の部屋に、美しい衣裳に埋もれ、肉体があるとさえ思えぬほどにほっそりとして、源氏の言うままになよなよと靡《なび》き、まるで人見知りしない子供のように頼りなかった。こうした中で、源氏は朧月夜《おぼろづきよ》が忘れがたく、物越しながら会ったりもした。

そうするうち明石女御《あかしのにょうご》はお里の六条院に退出して若宮をお産みになった。今や紫上と明石御方はそのお世話に忙しく、よい気晴らしである。一方、明石入道は、この世の念願の成就を見届け、初志を貫いて出奔《しゅっぽん》し、山深く入って行方を絶った。明石の一家はこれにつけても身の宿世の妖しさを反芻《はんすう》し、心を慎むのだった。

三月、六条院では蹴鞠《けまり》の遊びが行われたが、なかでは柏木の右に出る者はなく、人々は桜の落花の美しい夕映えの中で蹴鞠に熱中していた。その時、女三宮のお部屋の御簾の中から可愛い唐猫《からねこ》が走り出し、繋がれていた紐《ひも》に引き張られた御簾のかげに佇《たたず》む美しい人の姿がみえた。紅梅襲《こうばいがさね》に桜の細長《ほそなが》を着て、ふさふさとした黒髪は鮮やかに裾が切り揃えられ、気高く愛らしく、言いようもない風情。それは女三宮その人である。かねて女三宮に深い憧れをもっていた柏木は、もう胸もつぶれるような思いであった。

第三十五帖 若菜《わかな》（下）

柏木の密通

柏木は源氏を怖《おそ》れながらも女三宮を思わずにはいられなかった。女三宮が可愛がっていたあの唐猫は、猫好きの東宮のもとに引き取られていたが、柏木はその猫を借り受けて愛撫《あいぶ》し、思慕の心を紛らわしていた。

源氏は朱雀院《すざくいん》の五十歳の賀《が》を明年に控えて、せめて女三宮に琴の秘曲をこなしてほしいと思い熱心に教えていたが、ようやく女三宮が秘曲を会得されたので、源氏はこの機会に、自分が教えた女君たちによる女楽《おんながく》の集いを試みようと思い立つ。

その日は正月廿日《はつか》と定められ、明石御方は琵琶、紫上は和琴、明石女御は箏《そう》の琴、女三宮は琴《きん》の琴《こと》を受け持つことになった。笛の役は夕霧や髭黒《ひげぐろ》の子供たち、拍子合わ

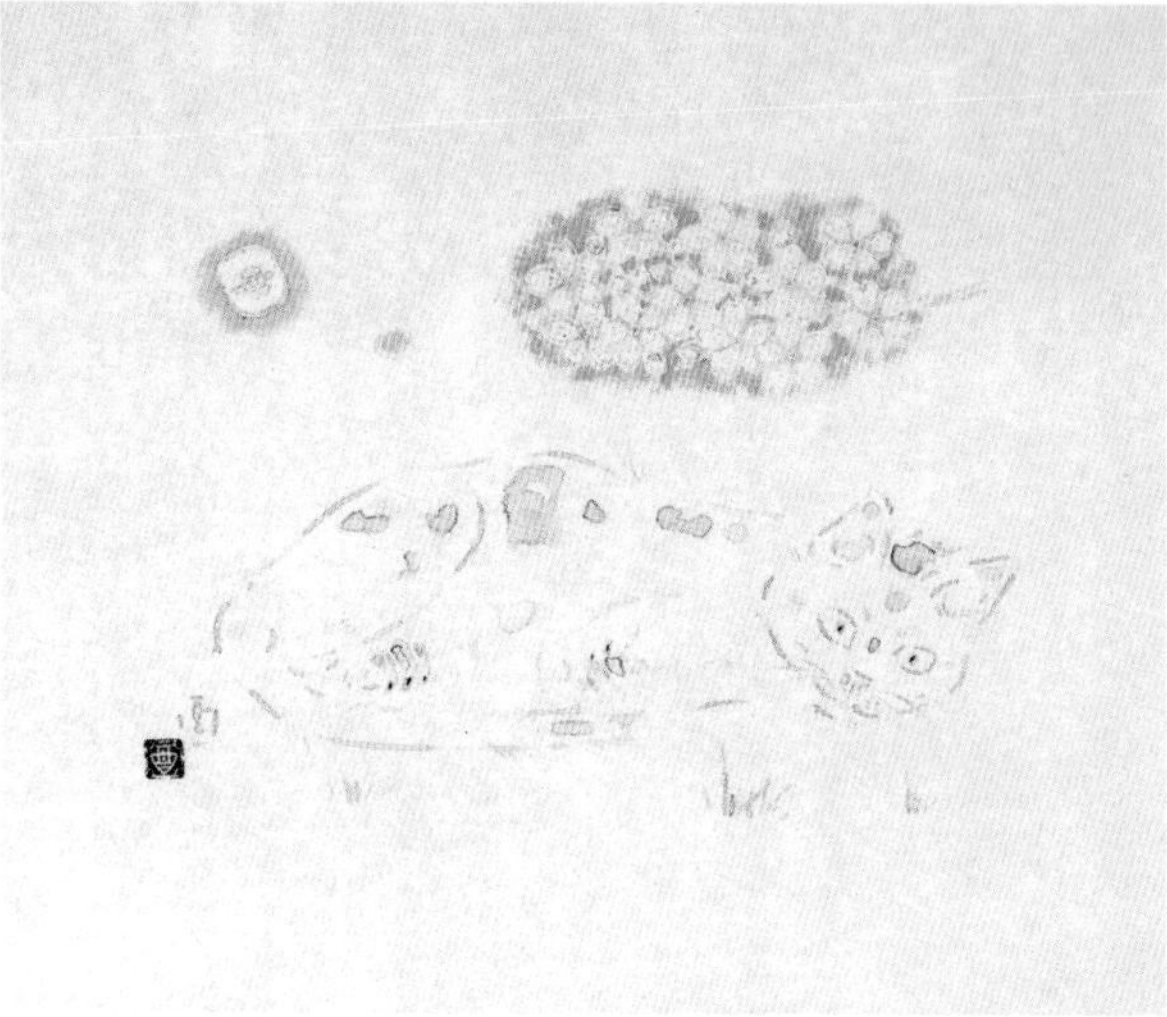

入江西一郎

入江西一郎氏は源氏と女三宮と柏木との
不運な恋のもつれを仲だちした猫と、
華やかで散りやすい桜を対置して描かれた。
暗澹《あんたん》とした恋のゆくえを
じっと見つめるような猫の目である。

せには夕霧が招かれた。たそがれの空に花は雪のように白く満開を誇り、薫物《たきもの》の香りは満ち満ちて優艶《ゆうえん》な夜である。女君たちのとりどりの楽の音は、その風姿《ふうし》の美しさ、心づかいの深さと相まって源氏も感動し、夕霧を相手に春秋の風情と音楽を論じるのだった。

女楽も過ぎたある日、紫上は急に暁方《あかつきがた》から発熱し、食事も細り、加持祈禱《かじきとう》によってもなかなか快方に向かわなかった。源氏は心配してずっとつき添って看病するが一向に思わしい状態ではない。

源氏が紫上にかかりきりになっている折の紛れに、柏木はついに侍女の手びきで女三宮の寝所に忍んだ。宮はお休みになっているところに男の気配がしたので、源氏だとばかり思っていたが、そうではなかった。驚きのあまり取り乱し、わななき震えるばかりの宮に、柏木は綿々と胸中を訴えたが、宮は言葉を発することもできず、夢のような苦しい一夜が明けた。

紫上の病悩《びょうのう》は一進一退を重ねていたが、五戒を受けてから少し回復の兆しが見えるようになった。源氏も少し安心して、女三宮にも病悩のようすがあるというのでお見舞いかたがた対面される。侍女は「ご懐妊です」とささやくが、源氏は思い当たらず何かの勘ちがいだろうと思う。

　ところがある日、源氏は女三宮の褥《しとね》の下に隠された男からの手紙を発見し、それが柏木のものであることを知ってしまう。一方、柏木はこの秘密が洩れたことを知り、深く源氏を怖れた。しかし源氏は、宮の父、朱雀院の心中を思い、世間体を考え、そして自分が若き日に父帝の藤壺中宮を犯した罪の報いを思うなど、さまざまに煩悶して、このことは胸一つに納めて耐えるしかないと決心する。

　朱雀院の御賀が迫った日、六条院で行われた試楽《しがく》の後宴で、源氏は酔いに紛らわして柏木の胸を抉《えぐ》る言葉をかけた。「あなたは私の老いを見て笑っている。まことに恥ずかしい。だが、いずれあなたにも同じ命運がめぐるでしょう」と。柏木はこの言葉に息も止まるほどの衝撃を受け、帰宅するとそのまま重病の床に臥《ふ》した。

第三十六帖

柏木《かしわぎ》

薫の誕生

柏木の病は年が明けても快復《かいふく》せず、将来を期待していた父母を悲しませたが、柏木は自分を信頼してくれていた源氏の妻を犯した罪の自覚も加わって、もう生きてはいられないだろうと思う。そうした中で、最後となるかもしれない手紙を女三宮にしたため、歌を添えた。宮も柏木のようすを侍女から聞き、自分も同じように前途のない身と悲しむのだった。

今はとて燃えむ煙もむすぼほれ絶えぬおもひのなほや残らむ　柏木

（今はと私を火葬するその煙まで、立ち迷い結ぼれて、ああ、こんな尽きぬ思い

坂口麻沙子氏は、薫《かおる》を抱く源氏を中心に　坂口麻沙子
女三宮と侍女たちを描かれた。
全体がゆらぎ溶けあうような色彩や形象で構成され、
薫の出生をめぐる人々の複雑な感情が
立ち迷うような趣《おもむき》である。

だけが残るのでしょうか)

立ちそひて消えやしなまし憂きことを思ひみだるる煙くらべに　女三宮

(あなたの燃える煙に立ち添い私も消えてしまいたい。思い乱れる煙はほんとうにどちらが深いことか)

宮の歌には、「ひとり残ったりはいたしません」と追い書きされていた。柏木はこのおことばを思い出として自分の生涯は終わるのだろうと泣くのだった。

宮はやがて若君を出産し、何も知らない人々は盛大な産養《うぶやしない》を行う。一方、宮は出家を望まれるが源氏は許さず、ついに宮は、お見舞いに御幸された父朱雀院《すざくいん》に泣く泣く訴え、朱雀院もさまざまに源氏と女三宮の事情を推察して、ついに受戒をお許しになった。

柏木はこのことを聞いていっそう生きる望みを失ったが、快復を励ますかのように権大納言に昇進する。お見舞いに来た親友の夕霧に、柏木はしみじみと後事を託し、源氏の許しを受けねばならぬことがあると語った。夕霧は何となく推量したが、不確かなまま聞きそびれ、折ふし病状が急変したのをしおに泣く泣く帰っていったが、柏木はやがて亡くなってしまった。

源氏は若君の五十日《いか》の祝いにその子を抱き、「生《お》い先も少ない私のところに生まれてくるなんて、そういう宿世の若君なんですね、あなたは」と言うと、嬰児《みどりご》はただにこにこと笑っている。それは夕霧の幼い頃とも、明石女御の皇子たちともちがって、見ればやはり柏木に似ていた。まなざしは落ち着きがあるうえに、どこか薫るような上品な気配があり、じつに可愛らしい。源氏は人のいないとき、そっと女三宮にささやいて、「こんな可愛い人を捨て出家なさるなんて」と言う。

夕霧は柏木が言い残した言葉を、女三宮の出家とともに考え合わせ、やはり宮との間には抑えがたい事情があったのかもしれないと推察した。夕霧はその後、柏木の未亡人となった女二宮を訪問し、その寂しい暮らしを見て深く同情する。それはやがて静かな愛へと発展してゆく。

第三十七帖　横笛《よこぶえ》

落葉宮と夕霧の出会い

柏木の一周忌がめぐってきた。源氏も夕霧も特別な心入れをもって供養をしたが、朱雀院《すざくいん》は柏木の正室であった二宮と、はかなく出家してしまわれた三宮のことを思い、愛する皇女たちの不運を嘆かれるのだった。

源氏は女三宮のもとにも疎遠にはならぬほどに出向いて、几帳を隔ててお逢いになる。そんな時、若君は乳母のもとから起き出してきて源氏の袖に這《は》いまつわり、御前にあった筍《たけのこ》などに手を出して、よよとかぶりついたりする。ちょうどよちよち歩きの頃の可愛らしさだが、どこか稚児に似合わぬ品位があり、口つき、まなざしなど薫るような雰囲気がある。

松本文子

松本文子氏は
夕霧に訪《おとな》われた落葉宮を
清楚な白描《はくびょう》で描かれた。
未亡人のほのかな艶《えん》を唇に点じた
淡紅色に表している。

一方、夕霧は臨終の柏木が暗示的に言い残した一言が気になって、父との間に何があったのかを確かめたいと思っていた。秋の夕《ゆうべ》、夕霧は柏木の未亡人落葉宮《おちばのみや》（二宮）を訪れ、柏木の遺愛の和琴をかき鳴らして故人を偲び、ついには宮の箏《そう》の琴に合わせて琵琶を求め、「想夫恋《そうふれん》」を合奏したのだった。

落葉宮の母御息所《みやすんどころ》は感動して柏木の形見の笛を夕霧に贈った。夕霧は秋の夜に似合わしい盤渉調《ばんしきちょう》（高い調べ）で吹きはじめたが、柏木の音色に及ばぬといって吹きやめ、名残惜しげに席を立った。

露しげきむぐらの宿にいにしへの秋にかはらぬ虫の声かな　　御息所

（むぐらの茂りに荒れた宿に露は一面に置き、昔の秋に変わらぬ虫の声。そして笛の音も昔のままですこと）

横笛のしらべはことにかはらぬを空しくなりし音《ね》こそつきせね　　夕霧

（横笛の音色はなるほど昔のままの音かもしれませんが、亡き柏木を偲び泣く音色は尽きせぬものです）

夜更けて帰宅してみると、幼子を抱いた妻の雲井雁《くもいのかり》は夕霧が言葉をかけてもわざと知らん顔で寝たふりをしている。夕霧が落葉宮のさびしい境涯《きょうがい》に同情しつつ少し眠ったところに、柏木の霊が夢にあらわれ、「この笛を伝えたい人はあなたではなかったのですよ」と言う。「ではいったい誰に」と聞こうとした時、ちょうど幼子が寝おびれて泣きだし、乳を吐いたりしたので、雲井雁も灯を取り寄せ、髪なども耳はさみして甲斐がいしく幼子の世話をする。魔除けの散米《さんまい》などの騒ぎに、夕霧の夢の思案は中断されてしまった。

源氏邸に参上すると明石女御のお部屋と紫上のお部屋に女御の二宮と三宮、そして薫が幼い遊びがたきとして睦《むつ》れ戯《たわむ》れていた。夕霧も源氏もそれをいとしく眺めつつ、やがて対の屋に座を移して物語りするついでに、夕霧は柏木の笛について尋ねてみた。源氏は柏木が薫にこそ伝えたい笛だったろうとひそかに思う。夕霧はさらに柏木と源氏のこともたずねてみたが、「柏木の夢の話はあとで考えてみよう。夜語りに夢の話はしないものだと言いますよ」と逃げられてしまった。

第三十八帖

鈴虫《すずむし》

源氏の満足と寂寥

蓮《はちす》の花が盛りの夏、入道宮《にゅうどうのみや》（女三宮）の持仏が完成したので、源氏はその開眼供養を盛大に催した。諸皇子も続々と参入される盛儀で、源氏は宮にこうした場の心得をいろいろと教えられる。

源氏は今になって宮のご出家をお気の毒に思うようになり、「私が生きている限りはお近くに居てお世話申します」と申し出て、お仕えする尼君なども志の深い者をえりすぐって奉仕させるのだった。

十五夜の夕べである。宮は仏の御前に端近《はしぢか》に眺めつつ念誦《ねんじゅ》しているところに源氏がやってきて、「虫の音がひとしおの夕べですね」と言いつつ念誦を唱和される。虫の

濱田昇児

濱田昇児氏は大きな満月に対して
薄《すすき》の上に声を振りしぼる鈴虫の
可憐な姿を対置された。
それは入道宮の心の色のようである。

音はことに鈴虫が玲瓏《れいろう》とはなやかで心をそそる。「秋好中宮《あきこのむちゅうぐう》が特に心を配られ、はるかな野から集めてきたのを放たせたのですが、やはり鈴虫は格別です」と源氏が言うと、宮は、

おほかたの秋をば憂しと知りにしをふり捨てがたき鈴虫の声　　女三宮
（大方秋〈飽き〉が来るのは侘《わび》しいものとは知っていますが、やはり鈴虫の声は捨てがたい魅力ですわ）

と、そっと口ずさまれる。源氏は「飽き」とは「思いの外のお言葉ですね」と言い、

こころもて草の宿りをいとへどもなほ鈴虫の声ぞふりせぬ
（ご自身でこの世をお厭《いと》いなさったのに、まだまだ鈴虫のようなお声をして、とても魅力は古びませんよ）

と応じてお心をひくが、宮は心を動かさない。そうするうち、兵部卿宮《ひょうぶきょうのみや》や夕霧が殿

上人をたくさん従えてやってきた。内裏の月の宴が中止になったのだそうだ。人々はそれぞれに琴を弾き合ったりして遊んでいたが、源氏は、「こんな管弦の音を耳にすると柏木のことが思い出される。あの方はこんな座にはなくてはならぬ人だった。その人のない今宵《こよい》はせめて鈴虫の宴として明かすのだな」と言って涙をこぼした。

ちょうどその時、冷泉院《れいぜいいん》よりお使いがあって、「退位したのちの寂しい私の所にも、秋の月は訪れてくれましたよ」という意味の歌が届いたので、源氏は慎んで一同とともに急いで参上した。

源氏はつづいて秋好中宮のもとにも伺候《しこう》すると、中宮はさりげなく出家の志があることを告白される。それは母六条御息所《ろくじょうのみやすんどころ》が死後も何かと妄執《もうしゅう》の深さに苦しんでおられることが物の怪の語りなどから世間に知られてゆくことを悲しまれ、その妄執の真実も聞き、供養もしたいというのである。源氏は中宮の悩みももっともだと思いながら、供養は何も出家をしなくともできることですとお止め申し上げた。

源氏が冷泉院から帰ってみると、六条院では東宮女御《とうぐうのにょうご》の明石姫君が並ぶもののない美しさにかがやいていた。夕霧大将も人並はずれて立派で、源氏の満足は深かったが、それにつけてもこの冷泉院への秘めた親心は折につけ深く身にしみるものがある。

第三十九帖 夕霧《ゆうぎり》

落葉宮と夕霧の慕情

夕霧が生真面目な人だとは世間が認めるところだが、親友柏木の未亡人落葉宮への同情はやがて恋となっていった。落葉宮は健康をそこねた母御息所《みやすんどころ》とともに比叡《ひえい》の麓《ふもと》、小野の里に引退していたが、夕霧はしばしばそこを訪れるようになる。秋の夕暮れの山荘は霧が流れ、蜩《ひぐらし》がしきりに鳴いて、前栽《せんざい》には秋草の花が乱れ咲いていた。夕霧は心をこめて詠みかける。

山里のあはれをそふる夕霧に立ち出《い》でむそらもなき心地して　　夕霧

（山里に情趣を添える夕霧を見ていますと、このまま帰るところさえないような

福本達雄

福本達雄氏は比叡山を背景に落葉宮の山荘を描き、
そこに住む清楚《せいそ》な、
志の固い未亡人を想像させる。
優美で閑寂《かんじゃく》なたたずまいの中に、
淋しい婉《えん》（しとやか）な気分がある。

気がします）

山がつのまがきをこめて立つ霧もこころそらなる人はとどめず　落葉宮
（山住みするわが家の垣根に立ちこめる霧も、そのように心もそらになりやすいお方などお留めすることはありませんわ）

だが夕霧はさまざまな理由を言い立てて宮に近づき心のうちを訴えた。宮はやっと襖《ふすま》の向こうに逃れたが、夕霧はそれさえいじらしく、「ご経験がないわけでもないでしょうに」と言う。宮はそれがいっそうつらく、世間を恐れ悲しんだ。夕霧は顔を出した月の明かりの中で宮を引き寄せ、宮はただ「どうぞお帰りを」というばかりで夜が明けた。

一夜のことは加持の僧の口から母御息所に伝わり、悩み深い二人のもとに夕霧からの手紙が届いてしまう。御息所は宮に代わってさりげなく返信したが、この手紙を読もうとする夕霧の手から、妻の雲井雁《くもいのかり》はさっとそれを取り上げて隠してしまった。怪しい手紙と思ったのだ。夕霧は宮からの返信と思い困却したが、やがて御息所からの手紙であることがわかり一件は落着。ただし御息所はこの心配のため病状が悪化し、ついに亡くなってしまう。

ご葬儀も果てたのち、いっそうさびしさを増した小野の里に居られる落葉宮のことを思いやり、夕霧は元の一条宮にお移ししようとてきぱきと差配してことを運んだ。そして、宮は心ならずも再び都のうちにお戻りになったのである。

夕霧は早々に宮に参り、侍女を語らって接近するが宮の心は解けない。しかし世間にはいろいろと噂も広がり、雲井雁とはついに大口論となったが、それもやっとなだめて、夕暮れにはみごとな衣裳で身仕度し一条宮に出掛けて行く。宮は相変わらずよそよそしい。夕霧は歎きながらその夜を過ごし、朝光《あさかげ》にはじめて宮の姿を眺め、優雅な気品に満足した。宮も打ち解けた夕霧の清婉《せいえん》な姿を見つつ、しだいに心を決めるほかないと思ってゆく。

一方、雲井雁は逆上して親もとに帰ってしまった。父君も困って、亡き柏木の弟を一条宮に差し向け、柏木の死以来の感想を歌で示した。みごとな使者役のこの弟は、夕霧と雲井雁と宮と三方に関わる家の立場を示唆的に言い置き、善処を求めて退出した。

第四十帖　御法《みのり》

紫上の死

紫上は重病を克服したもののその後の体調も好ましくなく、自身は菩提《ぼだい》を願って出家を希望するようになるが、源氏はなかなか承諾しなかった。紫上はしかたなく、内々計画していた法華経写経完成の供養を二条院でとり行い、せめてもの慰めとした。それは万端じつにみごとにゆきとどいた法会で、源氏は紫上の力量と心の深さに感服するほかなかった。

法会の後宴には、親王たち、上達部《かんだちめ》によって舞楽も奏され、春の夜の優雅なひとときとなったが、紫上は身の衰えを感じ取って、親しい人々への名残の思いにひたるのだった。宴はてて帰る人々を見送るにつけても、これが永遠の別れになるような心細

山岸純氏は紫上亡きあとの寂寥《せきりょう》感を、　　山岸純
やわらかな山の姿と、
その背後の空《むな》しい空の色合いに滲《にじ》ませ、
亡き人が最後に露の命と眺めた
萩の花を描いておられる。

さて、翌日はまたどっと疲れが出る。そんな中で花散里の御方に、歌を贈った。

絶えぬべきみのりながらぞ頼まるる世々にとむすぶ中のちぎりを　紫上

（命絶えるはずの身ながら、御法のままに来世もずっと、と貴方との御縁の尽きぬことを願います）

結びおくちぎりは絶えじ大かたの残りすくなきみのりなりとも　花散里

（この御法によって来世までとちぎりあった御縁は絶えませんわ。お互い残り少ない身ではありますけれど）

信頼できる花散里と、こんな哀しい約束ごとを交わしたが、夏になると容態はしだいに重くなっていった。明石中宮は、紫上が鍾愛《ちょうあい》する幼い匂宮《におうのみや》を連れてお見舞いに来られ、そのまま滞留された。匂宮は、「お父さまより、お母さまより、おばあさまが一番好き」と言って、紫上を泣かせてしまう。

風の強く吹く夕暮れ、紫上は脇息《きょうそく》に倚《よ》って庭を眺めていたが、源氏は久しぶりに起き上がっている紫上を見て、「やっぱり中宮さまがおいでになると心も晴れるのですね」と嬉しそうだ。紫上は、「そう見えましても、本当は萩《はぎ》の上の露のようにはかない命ですよ」とお答えしたが、その言葉どおり夜半たちまち危篤《きとく》となり、中宮に手を取られながら暁方《あかつきがた》ついに亡くなってしまわれた。

源氏は夕霧を呼び寄せ、生前に叶えてやれなかった出家の望みを、今すぐ叶えられるよう手配させ、その美しい死顔を万感こめて見守るのだった。そして悲しみをこらえて、自ら葬送のことをとり行う。昔、葵上《あおいのうえ》が亡くなった時もこんな季節だったと思うと感慨無量である。思えばその頃親しかった人々の多くが、もう亡き人になっているのだった。広い葬場にいっぱいの人々が見守る中、紫上の亡骸《なきがら》を焼く煙は静かに空へ上っていった。

たくさんの弔問《ちょうもん》の手紙の中で、源氏は六条御息所《ろくじょうのみやすんどころ》の娘の秋好中宮《あきこのむちゅうぐう》からの手紙に目を止め、御息所ゆずりの風雅の趣を秘めた言葉に心を慰められる思いをしたが、紫上亡きあとの源氏は、もはや一途に仏道に心を傾けていくのだった。

第四十一帖 幻《まぼろし》

紫上の幻を追う源氏

紫上亡きのちの源氏は悲しみの深さをさりげなく隠しつつ勤行《ごんぎょう》に精を出した。人に会うことももの憂く、夕霧にさえ御簾を隔ててという有様だったが、明石中宮《あかしのちゅうぐう》の三宮（匂宮《におうのみや》）だけは特別で、まだ幼いのに紫上の遺言だといって遺愛の花の木を守ろうとする可憐な姿に慰められていた。

入道宮（女三宮）にお会いしても、明石御方にお会いしても、紫上が思い出されてならなかった。明石御方はそんな源氏が出家の心を抱いているのを知って、「もう少し皇子さまたちのご成長を待ってからにしてください」とお諌《いさ》めする。明石御方を相手に源氏は藤壺の思い出や、紫上を幼い時からお世話して理想的な女性に育てたいき

堂本元次

堂本元次氏は、秋の野の彼方《かなた》に飛びゆく雁を
遠望する源氏の視野に、
幻のように佇《たたず》む紫上を描いておられる。
寂寥とした野の風景は
まるで中有《ちゅうう》の野のようだ。

さつの回想に夜を更かしたが、昔だったらそのままお泊まりになるところを帰って行かれる姿を見送り、明石御方もその胸中のさびしさにしみじみとした思いになるのだった。

葵祭《あおいまつり》の日がやってきた。源氏は密かな愛人であった中将君の部屋をのぞいてみる。うたた寝をしている姿がじつに美しい。葵《（あふひ）》（逢ふ日）がその傍にあるのを手にとって、源氏は「思い捨てた世の中だが、あなたにはまだ罪を犯しそうだ」という歌を詠みかけたりした。

やがて、紫上の一周忌が近づき、源氏は夕霧とその相談に時を過ごす。折ふしのほととぎすにも源氏の物思いは深まり、夕霧はその夜、父の邸に宿直《とのい》して、紫上が女主人として居られた頃の華やかな重々しさを回想するのだった。

時の流れは早く、七夕も過ぎ、一周忌の法要も果て、重陽《ちょうよう》の菊の日が来ても源氏の孤独は慰められない。晩秋の時雨《しぐれ》がする日、源氏は空行く雁《かり》をみて忍びがたい思いで歌を詠んだ。

　大空をかよふまぼろし夢にだに見えこぬ魂《たま》の行方たづねよ

（大空をゆく雁のように、死者の魂を空の果てまで追う神仙の道士よ、私の夢にさえ来てはくれぬ紫上の魂の行方をたずねておくれ）

五節《ごせち》の舞姫が参入する新嘗《にいなめ》の季節となって、世間は何となく今めかしいはなやぎに心ときめきする頃、折しも夕霧の子息たちが童殿上《わらわてんじょう》をするというので、親族たちにかしずかれて源氏の邸に参上した。源氏は若き日に五節の舞姫に文を送ったりしたことも思い出しながら、可憐な少年たちの晴れ姿を眺めるのだった。

そしてようやく、源氏は出家の準備をはじめられた。そのはじめに紫上と交わした消息の束などを取り出し火にくべたりされる。思い出のことばや筆の跡を見るにつけても回想はきりもなく、殊《こと》に須磨に引退された頃の別離にあたっての手紙など、かえって今こそ身にしみるのを、紫上が煙となって消えた空に、同じく煙となって届けとばかり焼かれるのだった。

第四十二帖

匂宮《におうのみや》

並び立つ匂宮と薫

光源氏亡きのち、その生前の名声に見合うほどの人物はなかなか見当たらなかった。ただ、明石中宮を母君とする今上《きんじょう》の三宮（匂宮《におうのみや》）と、同じく六条院でご一緒に育てられた薫君（母女三宮）とが、期待される一双《いっそう》の貴公子であった。

夕霧は右大臣となり、父の遺領である六条院をさびれさせぬよう落葉宮（もと柏木の正室）を迎え取り、雲井雁《くもいのかり》のところと月の中の半分ずつを生真面目に通い分けて住んでおられる。また明石御方は中宮の皇子・皇女たちの後見に余念なかった。そして薫は冷泉院《れいぜいいん》とその中宮である秋好中宮《あきこのむちゅうぐう》の庇護《ひご》のもとに中将に昇進した。

しかし薫は幼心にほのかに耳にした出生についての疑問が頭をもたげ、誰に聞いた

川島睦郎氏は六条院に
薫とともにおいでになり、
梅の傍《そば》に立つ匂宮の優美な気品を、
梅の香と競う匂いとともに
描いておられる。

川島睦郎

らよいのかもわからず、皆が沈黙を守っているような不安を感じはじめていた。何より母の女三宮が、若盛りのまま尼君になられた理由も、世を厭《いと》うよほどのことがあったのだと推察しながら、この秘密についても何も知らないという悩みがあって、その性格は思慮深さのなかに、とかく内向的な翳《かげ》りを併せ持つようになっていった。

薫はまた、幼い時から源氏晩年の子ということで世間の注目が集まり、高貴な自負心は特別なものがあったが、さらにこの心の奥の深さという点で、他とは異なる世間の信望を持っていた。そして何故か、体からふしぎに香ばしい香りが発散し、それはどんな名香ともちがう個性的な魅力になっていたのである。

匂宮はそのことに強い競争心を駆られ、香の調合を熱心に研究して名香の香を焚《た》きしめておられたが、そのせいか優美なやさしさに色好みの評判も噂されるようになる。二人は幼なじみの親しい間柄だったので、薫はつねに匂宮邸に参上し、笛を吹き合わせたり風流な遊びをされる。二人を婿にと願う身分ある人々も多く、匂宮はいろいろな姫君のもとに通われるが、まだ心に叶う姫君はなかった。

一方、薫はゆかしく思う姫君がないわけではなかったが、自ずから身に恋の心を自制して、どこか頼りなげな母君への孝養を第一に心がけたいと考えている。夕霧はたくさんおられる姫君の一人をぜひ薫にと思われるが、まだそれを口に出したりはされない。

正月のこと、年中行事の賭弓《のりゆみ》の儀があり、左右近衛《このえ》の舎人《とねり》の技が競われたあと、その勝宴が六条院で行われることになり、多くの親王、上達部《かんだちめ》が車に乗り合わせて集った。匂宮と薫も連れ立ってやってくる。盃もめぐり座が盛り上がった頃、「求子《もとめご》」という風俗歌の舞が舞われたが、翻《ひるがえ》す袖に御前近くの盛りの梅の香がさっと散り広がり、薫中将の匂いがすばらしく立ちまじる。女房たちも夕闇ごしに、その香りから薫中将の姿を見るような思いをして賞《め》で合うのだった。

薫は夕霧にうながされて、「求子」の一節をそっと、「立つや八乙女《やをとめ》　神のます」などとうたうのである。

第四十三帖

紅梅《こうばい》

匂宮と真木柱の姫たち

その頃、按察使大納言《あぜちのだいなごん》とよばれた方は、亡き柏木の弟君に当たる。年少の頃から他にぬきんでて、しかもはなやかな存在感がある人物で、帝の信任も厚く理想的な暮らしぶりをしておられた。

はじめの北の方は亡くなり、今の北の方は故兵部卿宮《ひょうぶきょうのみや》と結婚して未亡人となっていた真木柱《まきばしら》の方である。真木柱は兵部卿宮との間に一人の姫君があり、大納言はまた先の北の方との間に二人の姫君があって、真木柱との間に一人の若君があった。そこでふつうの寝殿よりは大きい七間の寝殿を造り、大君《おおいぎみ》・中君《なかのきみ》・宮の君と住み分けていたが、やがて大君は東宮に懇望《こんもう》されたので、真木柱は一緒に宮に参上し、その後見に忙

土手朋英氏は御簾を透《とお》して琴を弾く
宮の君を描かれた。
紅梅と対置された姿は
匂やかだがひっそりと寂しく、
前景の剛直な立石も可憐な姫と対照的だ。

土手朋英

しい。大納言は中君を匂宮《におうのみや》に差し上げたいと考えていた。

その頃、真木柱の若君は童殿上《わらわてんじょう》して、匂宮の御寵愛が深く、匂宮は若君に姫君のようすを聞き出しながら宮の君に心を寄せていた。ある日、大納言は宮の君のもとで音楽の話をし、「今は光源氏の直伝の琵琶は夕霧右大臣が一番の名手だが、宮の君の琴の音は夕霧に近いものがある」と賞《ほ》め上げ、しきりに琴の弾奏を聞きたがった。

そこに折よく若君が宿直《とのい》に参上する挨拶に来たので、「そなたは近頃、御遊《ぎょゆう》に笛の役を承るようだが、まだ未熟だろうに、その笛を少し吹いて聞かせておくれ」と言い、それに合わせて宮の君に琴をすすめる。宮の君もしかたなく少しばかり弾奏したが、大納言は口笛を合わせて吹いたり、たいそう満足の様子だった。

そして庭の紅梅がたいそう美しく咲いているのを見ると、その一枝を折らせて匂宮に当てて歌を詠んだ。中君への訪問を期待してのものだった。

心ありて風のにほはす園の梅にまづうぐひすの訪はずやあるべき
(思いがあって折らせた梅の香はいかがでしょう。お察しくだされば鶯《うぐいす》が訪れてくださらぬことはないでしょうに)

こんな歌を若やいで紅の紙に書き、若君の懐紙にまぜて懐に入れてやり、匂宮のもとに参上させる。匂宮は大納言が届けてきた梅の枝のみごとさを眺め、その歌に感興をもよおしたようだが、若君を近く呼んで言われることは、「そなたの邸に私と同じ親王家筋の宮の君が居られるようだが、そっと逢わせておくれ」と言うのであった。せっかく大納言は中君の婿にと熱い思いを届けたのだが——。

若君はその時、花の香より香ばしい匂宮の傍らに臥して、嬉しくなつかしく思うのだった。匂宮はまた、「こんどはお父さんにおせっかいされないようにね。宮の君によろしく」などと言う。若君も異腹の姉ながらこの宮の君に好意をもって匂宮とはお似合いだと思っていた。

しかし、宮の君の実母である真木柱は、匂宮の好色の噂を耳にしてはいろいろと躊《ちゅう》躇《ちょ》することが多いのだった。

第四十四帖　竹河《たけかわ》

玉鬘とその姫君たち

玉鬘《たまかずら》は亡き関白太政大臣髭黒《ひげくろ》との間に三男二女をもうけていた。姫君の大君《おおいぎみ》と中君《なかのきみ》には多くの求婚者があったが、ことに大君は今上と先帝冷泉院《れいぜいいん》からのお望みがあり、そのうえ夕霧の息子蔵人少将《くろうどのしょうしょう》が、許されねば盗み出しかねない執心である。

梅の花の盛り頃、玉鬘邸に藤侍従《とうのじじゅう》を訪れた薫は蔵人少将を見つけた。逃げようとする少将を引き止め、庭の紅梅のもとに佇《たたず》んで催馬楽《さいばら》の「梅が枝」を口ずさむようにうたっていると、御簾の中から東琴や琵琶を巧みに弾き合わせ、やがて内より和琴を弾くようにと差し出された。

薫は儀礼的に少しかき鳴らし、蔵人少将も「さき草」をうたった。主の藤侍従は、

山本知克氏は桜を賭けて碁を打つ　　山本知克
二人の姫君と侍女たちの場面を描かれた。
こちら向きが大君、後姿は中君。
艶《あでや》かな四人の女姿が
すでに盛りの花の風情である。

この方面は父の髭黒ゆずりの不調法《ぶちょうほう》だったが、皆と一緒に「竹河《たけかわ》」をうたう。

「竹河の橋のつめなる花園に――我をば放てや」という歌である。翌日、薫は藤侍従のもとに歌を贈った。

竹河のはしうちいでしひとふしに深き心のそこはしりきや　薫

(竹河のうたのひと節《ふし》に、姫君を思う心の深さ、おわかりいただけますか)

竹河に夜をふかさじといそぎしもいかなるふしを思ひおかまし　藤侍従

(たしかに竹河の歌はうかがいましたが、早々にお帰りになってしまって、お心をどう受けとめたらよいのか)

こんなことがあってから薫はしきりに藤侍従を訪れ、思慕の情を訴えるようになった。大君は水ぎわだった美しさで気高いばかり、中君は優美ですらりとしている。三月、庭の桜が盛りの頃、姉妹の姫君はその桜を賭けて碁を打つことになり、三人の兄君たちもやって来られた。

長兄の中将君は、「姫君たちが幼い頃、この桜をお互いに自分のものだと争われたのでしたね。父君は大君に、母君は中君に、その所有を認められたのですが、私もこの花が好きでしたよ。思えばそれから多くの歳月が流れ、桜も私たちも齢を加え、父君はじめ先立たれた方々のことが思われます」と感慨深く語った。

蔵人少将は母君の雲井雁《くもいのかり》にも加勢を頼んで大君を得ようとしたが、冷泉院からの懇望には勝てず、ついに大君は院に参ることになった。大君はやがて姫宮を産み、中君は母玉鬘のあとを継いで尚侍《ないしのかみ》として帝に近侍《きんじ》することになった。大君はいよいよ院の御寵愛が深く、つづいて皇子までお産みになったが、このあまりの幸運に、女一宮の母君である弘徽殿女御《こきでんのにょうご》との間の円満な関係に翳《かげ》りが生じ、大君は里居が多くなっていった。

玉鬘はこうした大君の御運を見つつ、隣邸の紅梅右大臣家の繁栄ぶりと比べ、また、藤侍従が宰相中将とよばれる昇進を遂げたのと比べ、一家の不振をようやくにがく苦しく思い知るのだった。

第四十五帖　橋姫《はしひめ》

宇治の姫君と薫の出会い

宇治の山里に閑居していた桐壺帝の八宮は、もうすっかり世間から忘れられたような存在だったが、音楽の才《ざえ》は特別で、大君《おおいぎみ》、中君《なかのきみ》という二人の姫君と一緒に世離れた暮らしをしておられた。薫はこうした八宮の暮らしぶりに魅《ひ》かれて、宇治の山荘を訪問する。そして八宮に共鳴するところがあり、その後しばしば宇治を訪れるようになった。

秋の宇治は寂寥の風情が深い。ある時八宮はお留守であったが、ふと姫君の部屋に通じる透垣《すいがい》の戸を少しあけてみると、霧渡る月のようすを眺めながら、姉妹は琵琶と琴を前にして何事か睦《むつ》まじげに話し合っているようす。そのうち中君らしい一人が、

箱崎睦昌

箱崎睦昌氏は橋姫を祀る宇治橋を描かれ、
月光に浮かび上がる
宇治橋の丹色《にいろ》と、
川風にもみしだかれる柳に
二人の姫君の運命のゆくえを託されたという。

「扇でなくても、琵琶の撥《ばち》で月は招き返せてよ。だって、撥納めのところを隠月《いんげつ》と申しますもの」と言うと、大君と思われるもう一人が、「まあおもしろいこと仰《おっしゃ》るのね。もっとも還城楽《げんじょうらく》には入日を招きかえす撥がありますわね」と答える。はかない会話にも奥深い教養がにじみ、しかも二人ながらにたいそう美しく気品があった。

薫はあまりの嬉しさにさっそく姫君に来意を告げ御挨拶を申したのだが、姫君のほうは突然のことに驚き、ただほのかに控え目なお返事をするばかりである。そこに弁《べん》という古女房が起きてきたが、何とこの人は柏木の乳母の娘で、三宮と柏木の密通事件を知る老女であった。弁は薫との出会いを喜び、薫の出生の秘密を話すことを約束する。薫はその夜山荘に泊まり、さびしい姫君たちの境遇に同情し、大君と歌を交わし合った。

夜が明けてゆくままに、宇治川は網代《あじろ》にかかる氷魚《ひお》の獲れ具合をめぐる男たちの声が賑やかだ。はかない水の上に浮かんで世渡る営みをするのは、自分とても少しも変わりないと薫は思う。そして大君にまた、歌を届けた。

橋姫のこころをくみて高瀬さす棹《さお》のしづくに袖ぞぬれぬる　　薫

（宇治の姫君ゆえ、仮に橋姫とおよびしますが、そのご心境を思いますと、瀬をゆく棹の雫《しずく》ではありませんが、私の袖も涙で濡れます）

さしかへる宇治の川をさ朝夕のしづくや袖をくたしはつらむ　大君

（棹さして宇治川を往来する渡守《わたしもり》の袖が、朝夕波の雫で濡れ朽ちるように、私の袖も涙で朽ちるでしょう）

薫は帰るとさっそく大君に手紙を書いた。弁の話のつづきもゆかしく心はゆらいでやまない。ついに親友でもある匂宮《におうのみや》に宇治の姫君の理想的な美しさを打ち明け、匂宮はその話に聞き入って、まだ見ぬ姫君に心奪われてゆく。また八宮は姫君の将来を心配して薫にその後見を依頼された。そしてまた、薫はついにその出生の秘密を弁から聞き出してしまったのである。

第四十六帖　椎本《しいがもと》

八宮亡き後の姫君

匂宮《におうのみや》は春のひと日、御願ほどきを怠っていた初瀬に参詣されることになった。夕霧は源氏から伝領の別荘が対岸にあるので、ここに匂宮をお迎えして接待する用意をされた。ご自身はさしつかえができて参勤できないが、たくさんの子息や薫たちがお迎えし、夜は盛大な管絃の宴になった。

はるばると霞わたった空に、散る桜あれば咲く桜もある。川辺には柳の靡《なび》く水影もなつかしい。一同は八宮からの消息を得て川を渡り、対岸の山荘を訪問した。匂宮はこうした折を得て、姫君たちの中に桜の枝につけて歌を届けた。匂宮一行は名残を惜しみつつ帰京したが、それからは常に匂宮のお手紙が届くようになり、お返事は中君《なかのきみ》

塩見仁朗氏は、薫と宇治の姫君の　　　　　　　　塩見仁朗
新たな出会いの場を作画された。
秋の草花が咲き乱れ、月が傾いている。
新しい物語のはじまりの気配がある。

が書く。

八宮は日頃出家したいと念じながらも姫君たちのことが心配で志を遂げられずにいるのだが、秋になって薫が再び宇治を訪れると、一夜しみじみとその胸中を訴え、姫君たちの後見を依頼されるのだった。薫はもちろんお引き受けする。

八宮はやがて山寺の阿闍梨《あじゃり》のもとに参じようとして姫君や、侍女たちに将来のことなどもこまごまと遺言されて山荘をお出になった。そして仲秋、ついに帰らぬ人となったのである。

八宮亡き山荘の秋は荒寥《こうりょう》としてさびしさばかり。匂宮から、薫から、さまざまな心づかいの使いは来たが、姫君たちはなおつつましく身を守っていた。年の瀬となり、薫は折からの雪をついて宇治を訪れ、姫君たちも雪をおかしての訪問に感動していつもより丁重におもてなしする。薫は匂宮から姫君たちへの仲介を依頼されていることや、宮の人柄のすぐれたところなどを、好色という噂の誤解なども弁明しながら熱意をこめて語り、事のついでに自分の大君《おおいぎみ》に対する思いなどもほのめかしたが、大君はさりげなく話題をそらしてしまった。

薫が八宮のお部屋だったところに行ってみると、仏像だけが残っていた。

立ちよらむ陰とたのみし椎《しい》が本むなしき床《とこ》になりにけるかな　薫

（もし自分が出家する時は頼り甲斐ある椎の木と思っていた宮も、ついに空《むな》しくなってしまったのだなあ）

その後、薫も忙しさに追われ、夏になってようやく宇治を訪れた。折よく中君が薫の供びとが涼み合うのを珍しげに見ている姿が目に入った。萱草色《かんぞういろ》の袴が鈍色《にびいろ》の単衣《ひとえ》に映えて美しい。髪はつやつやと裾まで乱れなく、匂やかなおっとりした気配である。大君もそこにいざり出て来られたが、中君よりは少し重々しく心づかいのあるようすで、どこかなつかしげな優美さが漂う人柄だ。髪は少し末細りしているが、翡翠《ひすい》のように美しい色つやである。顔を見合わせて二人が何か笑ったようだ。何とも愛敬づき忘れがたい笑顔であった。

第四十七帖

総角《あげまき》

大君の死

宇治には八宮の一周忌が迫っていた。薫はその仕度を手伝うついでに、大君《おおいぎみ》に歌で思慕の心を訴える。

あげまきに長きちぎりを結びこめおなじ所によりもあはなむ　　薫
(名香の飾りにする総角《あげまき》結びの糸の、結び目が幾度も出会うように、こうしてずっとここにお会いしていたい)

ぬきもあへずもろき涙の玉の緒《を》に長きちぎりをいかが結ばん　　大君

北野治男

北野治男氏は大君の清くはかない生涯を、
未明の雪に落ち散った
白玉椿《しらたまつばき》に象徴させて描かれた。
雪より白い落椿《おちつばき》の
無残な崩れが鮮《あたら》しく哀れである。

（貫き通すこともできない脆《もろ》い涙の玉のような私の命ですもの、どうして長いちぎりなどが結べましょう）

そして大君は、独身を通す決意の自分の代わりに、中君《なかのきみ》には人並な幸いを得させたいと願う。しかし薫は決して大君を諦めない。一方、大君はむしろ妹の中君こそ薫に似合わしいと思うが、薫と一夜語り明かした大君には薫の香りが移っていた。中君はそれを何と受け止めるだろう。

ある夜、薫は姉妹の臥す部屋に忍んだが、大君はいちはやく逃れ、薫は心ならずも中君と一夜を語り明かした。薫はいっそう大君のことが忘れられなくなり、匂宮《におうのみや》に宇治の姫君のことを話して中君をすすめ、自分はその仲だちのため宇治に出掛ける口実をつくって、大君に思いを訴える機会を求めた。

匂宮は宇治で中君と逢ったが、薫はまた一夜悶々《もんもん》として大君に心情を訴えるだけで夜を明かした。その後、匂宮は中君に熱中してゆくが、身分がら頻繁に宇治に通うことができず、中君の悩みは深い。

秋になると、匂宮と薫は盛大な紅葉の宴を張ることを口実にして宇治に赴いたが、二人の目的は外れてたくさんのお供が都から従い、公《おおやけ》のお使いも派遣されるなど、すっかり貴公子たちの晴れの興宴《きょうえん》になってしまい、大君や中君はかえって二人から見捨てられた絶望を味わう結果となった。

その後、匂宮の心は宇治を思っては焦《あせ》るのだが、父帝も母中宮も、身分ある身の自由な行動を戒められ、宮中につねに居られるよう要望される。一方、薫は宇治を訪れ姫君たちをお慰めしていたが、その頃、大君は体調すぐれず、病臥《びょうが》しがちだった。そんな心細い折も折、匂宮が夕霧の六の君と結婚するという噂が伝わり、姉妹の心痛は並々ではない。

そうしたことから大君の病はしだいに重くなり、薫のけんめいの看病がつづく。大君もさすがに薫の誠意を信じてその世話を受け入れ、死の近いことを悟って受戒することを希望された。一切を薫の手に委《ゆだ》ねて弱々と臥している大君の姿はじつに美しく、つくろわぬやさしさがあった。こうして大君は薫のゆき届いた介抱を受けつつ、ついに亡くなってしまう。薫は悲しみのあまり都に帰る気もしなくなり、ずっと宇治にいて中君を慰めるのだった。

第四十八帖 早蕨《さわらび》

匂宮、中君を迎える

大君《おおいぎみ》亡きあと、中君《なかのきみ》は深い孤独を味わう日々であった。山の阿闍梨《あじゃり》はその中君の慰めにもと、例年どおり蕨《わらび》や土筆《つくし》などを籠に入れて届けさせた。

君にとてあまたの春を摘みしかば常をわすれぬ初わらびなり　阿闍梨
(あなたさまへと春ごとに摘んできました初蕨です。今年もいつもどおりにお納めください)

この春は誰れにか見せむ亡き人のかたみに摘める峰のさわらび　中君

岩倉寿

岩倉寿氏は霞を通して春めく色彩の中に、
まっ白な紙に載せた早蕨《さわらび》と土筆《つくし》を描かれた。
可憐な山菜の淡《あわ》い色合いは、
中君の眼に映じた
父宮や姉君へのなつかしい情感そのものである。

（くださった早蕨《さわらび》も、この春は誰とともに喜んだらいいのでしょう。父宮が棲《す》まれた山のかたみですのに）

中君は無骨な阿闍梨の歌に、かえって真情の深さを感じ涙をこぼした。

一方、京では薫が匂宮《におうのみや》に大君への尽きぬ思慕の情を語り、匂宮も親身に同情して、もらい泣きする一夜を過ごした。そして、宮も切に中君を京に迎えようと思い、薫もそのお世話を引き受けようと思う。中君は思い出深い宇治に愛着したが、匂宮邸に移る準備は着々とすすめられた。

やがてその日、二月の七日の月が上る頃、霞こめた春の山路を越えながら、中君ははじめて、宮が通って来られた路がきわめて困難であったことを知り、不実と思った心が反省された。到着した二条院は夜目にもきらびやかな御殿で、車を邸内に引き入れると、匂宮は待ちかまえていて自ら中君を車から降ろされる。人々は二人の間の愛の深さを如実に目の前にして安堵するのであった。

大君を失った薫にとって、この二人の睦まじげなようすを耳にするのは刺戟的で、匂宮に中君を紹介したことを後悔したりする。また夕霧右大臣も、その六君と匂宮の結婚を予定していたこととて、匂宮が二条院に中君を迎えたことに大いに不満であった。

薫は二条院の花の梢《こずえ》が見えるほどの所に越したばかりなので、主なき宿となった宇治の桜を思いながら二条院を訪問する。匂宮はもうすっかり中君のもとに落ち着いて、いかにも似合いのようすで住み馴れた顔をしているのも妬《ねた》ましいが、「まあ、これでよかったのだ」とも安心するのである。

薫が中君のもとに挨拶に行くと、あの山里のようすとは一変して、御簾の内ゆかしげに住みなしておられた。侍女たちはしきりに、「薫君の御厚情に報いるようなおもてなしを——」と言うが、そこへ匂宮が参内するための晴れの装束も清らかに引きつくろってお見えになる。そして、「おや、どうして薫君のお席をこんな遠くに置くのです。あまり近いのも心配だが、もうちょっと厚遇して昔物語でもなさいよ」と言われるが、中君は匂宮の本心もわかるところがあり、なかなか薫に心を許すことができないのだった。

第四十九帖

宿木《やどりぎ》

中君の異母妹、浮舟の噂

その頃、今上の女二宮は裳着の準備のさなかに母藤壺女御を亡くされた。帝はその将来を心配され、薫の人物を見込んで薫に降嫁させたいと相談される。また夕霧はその六君の婿に匂宮《におうのみや》を望んだが、それぞれ婚儀がととのうことになった。折しも中君《なかのきみ》は匂宮の子を懐妊しており、宮と六君との結婚が不安でならない。薫はそんな中君の愁《うれ》いを慰めながら、秘かに抱いていた思慕の情を訴える。

一方、夕霧の六条院では匂宮を婿として迎える用意もととのい、ついにその日がきた。匂宮は中君の心情を哀れみながらも、例の花めいた性格から美々しくよそおって六条院に迎えられ、六君の申し分ない美しさに満足された。

佐々木弘

佐々木弘氏は複雑な「宿木《やどりぎ》」の巻の背景に
いつも静かに佇《たたず》んで、
人間の命運を見守っていた自然の、
きびしく、寂しくなつかしい景を、
心象として抽き出された。

中君のつらく悲しい心はなかなか癒されないが、匂宮ほどの立場の方が、ただ一人妻を守って終わるということも常識としてはありえぬことで、世間はなお、中君を幸運の女性として語り草にする。中君は父の遺戒《ゆいかい》を思い、亡き姉を思い、いっそ宇治に帰り住みたいとも思うがそれもできず、薫と相談し、父の三回忌の供養に宇治の旧居を寺にしようと思う。

薫もこの計画には熱心で、その御堂には大君《おおいぎみ》に似せた御本尊を安置したいと考えた。薫は大君の形見のような中君を、匂宮に譲ってしまったことを今は後悔し、時には中君に熱い胸中を訴えたりするのだった。中君はそんな薫が煩《わずら》わしくもあり、また、実直な方面では頼もしくもあり、離れがたい困惑を感じていたが、ある時ふと思い出して、父の侍女中将君《ちゅうじょうのきみ》を母とする異母妹が、大君にそっくりであることを告げた。

薫はこの打ち明け話にたちまち心動かし、宇治に赴いて弁の尼と会い、その消息を聞き出す。中将君はその後、夫をもち、娘を連れて夫の任国を転々としたが、春には中君を頼って二条院を訪れたという。薫は庭前に散り敷く紅葉や絡まる蔦紅葉《つたもみじ》に往昔《おうじゃく》の感をもよおしつつ、ひとり歌を口誦《くちずさ》んだ。

やどりきと思ひ出でずは木のもとの旅寝もいかにさびしからまし
（大君も中君も居られた日、ここに宿ったという思い出がなかったなら、この紅葉の木の下の旅寝もどんなにさびしいことでしょう）

薫は、年明けて権大納言兼右大将に昇進し、中君は男御子を産んだ。その産養《うぶやしない》は盛大をきわめ、中君にもようやく晴れがましい安らぎが生まれたのである。また薫は帝の仰せに従い女二宮と結婚し、宮を自邸にお移し申した。その頃、薫は宇治の御堂のようすを見に赴いたが、その途中、思いがけなく初瀬詣をするあの中君の異母妹（浮《うき》舟《ふね》）の一行と出会い、浮舟の姿をかいま見ることができた。それはまさに大君とそっくりなのであった。

第五十帖 東屋《あずまや》

浮舟を訪う薫

薫は中君《なかのきみ》の異母妹で大君《おおいぎみ》にそっくりという浮舟に会いたいと思っているが、浮舟は常陸介の妻になっている母君の意向で、左近少将との縁組がすすんでいた。ところが、浮舟が常陸介の実子でないと知った少将は、常陸介の全面的後援を期待する心から、まだ稚《いとけな》げな末娘の方へと婚約を変えてしまう。

母君は憤慨して、中君に浮舟の庇護を申し出、中君の邸に浮舟を移住させた。ある日、中君を訪問した薫は大君への思慕に事寄《ことよ》せて中君への思慕まで訴えるので、煩《わずら》わしくなった中君は大君そっくりの浮舟をすすめる。

翌日、匂宮《におうのみや》が宮中より帰ってくると、中君は折ふし洗髪の最中で、手持ち無沙汰な

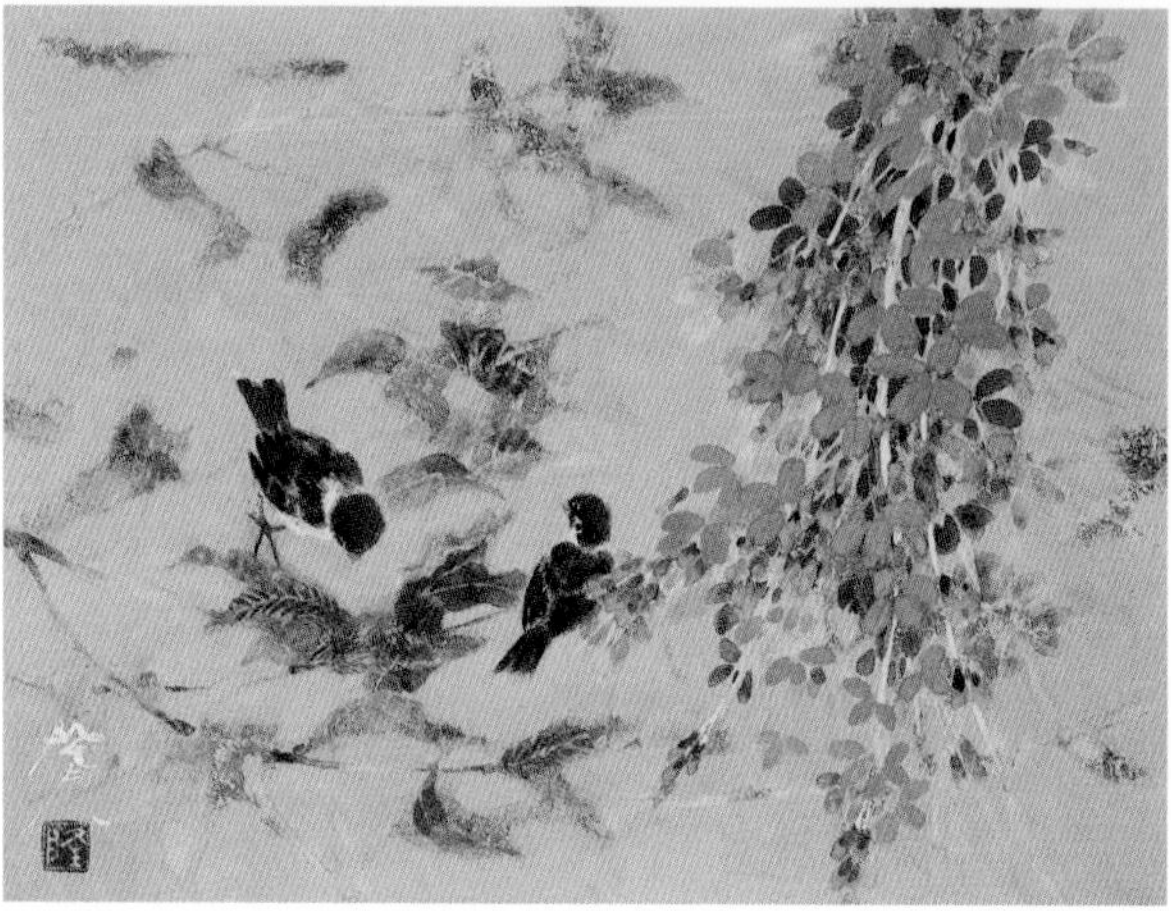

山崎隆夫

山崎隆夫氏は枝垂《しだ》れ咲く小萩《こはぎ》の
ほのかな紅に、
人に知られず育った
浮舟のつつましやかな艶を見られた。
日常的な鄙《ひな》びた雀《すずめ》が可憐さを加える。

匂宮はふと新しく設けられた局《つぼね》を発見。紫苑色《しおんいろ》のはなやかな袿《うちき》に女郎花《おみなえし》の織物の衣を重ねて庭を眺めている女性に目が止まる。今参りの侍女だろうか、と思いながら近づいて、扇で顔を隠す手をそのまま捉え「さあ誰かな、名乗るまでは放さないよ」と馴れ馴れしく添い臥された。

そこへ匂宮の母君である中宮のご病気がよろしくないという使いが来て、宮はすぐ中宮のもとに参上する。浮舟はやっと解放されたがショックは大きかった。中君は気の毒に思って浮舟を呼び出し、物語を侍女に読ませたり、その絵を見せたり、いろいろに慰めながら、浮舟があまりにも大君や父宮の俤《おもかげ》に通うものをもつのに驚き、感慨にふけるのだった。

一方、浮舟の母君は匂宮との一件を聞いておどろきあわて、強い物忌みだといって浮舟を連れ出し、三条辺りの隠れ家にそっと住まわせることにした。浮舟はここに落ち着いて思い出してみると、中君のことが恋しく、さらに匂宮の強《あなが》ちな情も、恐ろしいながら不思議になつかしい思いがするのであった。

薫は宇治の御堂の世話も一段落ついたので、浮舟をよく知る弁の尼に案内させ、あの隠れ家を訪れることにした。雨の降る夜であった。浮舟も乳母も俄《にわか》のことに戸惑ったが、薫は簀《す》の子の端にいて歌を詠む。

さしとむるむぐらやしげき東屋《あずまや》のあまりほどふる雨そそぎかな

（入ろうとする私を差し止め顔に、むぐらが茂っているのだろう。でもまあ東屋でずいぶんと、雨に降られて待たされることですね）

侍女たちはあわてて南庇《ひさし》に席をととのえて薫を入れ、浮舟とお会わせした。朝になると薫は浮舟を車に乗せ、宇治へと向かう。そして宇治に着くと早速、八宮の遺愛の箏《そう》の琴を取り出し、浮舟に弾いてみるようにすすめる。浮舟が物に寄り添い臥していているようすは、まことに大君そっくりで、薫は胸がいっぱいである。こうして浮舟に、心ゆくまで琴なども教えることができたらどんなにすばらしいかと思うのであった。

第五十一帖 浮舟《うきふね》

匂宮と薫への愛に悩む

正月、浮舟から中君《なかのきみ》のもとに届いた挨拶の手紙によって、匂宮《におうのみや》は浮舟が宇治にひそんでいることを知るとたちまち宇治へと向かった。隠れ家をのぞき見すると、手枕《てまくら》している美しい人がそれらしく、侍女は「薫さまのご愛情によっては中君のご幸運にも劣りませんよ」などと言っている。

夜更けて匂宮は、いかにも薫らしくよそおって戸を開けさせ、難なく浮舟の部屋に忍び入った。浮舟は薫でないことを知っておどろいたが、声を立てることもできず、匂宮の手の中にあった。翌朝、右近は宮であったことを知ったが、極秘にして薫であるかのように偽りとおした。

秋野不矩氏は小舟に乗って宇治川に浮かぶ
匂宮と浮舟を描かれた。
月光の川面《かわも》を暗天に向かって
漂い入るような構図が、
浮舟の命運をさりげなく表している。

秋野不矩

匂宮は一夜で浮舟に夢中になった、明けても帰らず、一日中浮舟と過ごし、明るい中でその美しさを眺め、中君や六君も忘れるほどに可愛いと思った。浮舟もまた、薫とはもう一つちがう魅力を匂宮に感じるのだった。

匂宮が京に帰ってゆくと、入れ違いのように薫がやってくる。浮舟は匂宮との秘密をもって薫と会うのが苦痛だった。しかし薫の信頼できるまじめな愛にふれると、長い行く末は薫にあずけるべきだと思い、また、匂宮のうつつない恋情の激しさを思っては耐えがたくひかれてしまうのである。薫は浮舟を一日もはやく京へ引き取る計画をすすめるが、浮舟の苦悩はそれによりいっそう深まるのだった。

匂宮は薫の計画を知って不安に駆られ、雪深い道を一途に宇治に赴く。宇治では雪の夜の来訪におどろきつつ、その愛の深さに感動した。匂宮は明け方、浮舟を小舟に乗せて対岸の隠れ家に伴おうとした。浮舟ははじめて渡る水上も恐ろしくて、ぴったりと抱き寄せられている。橘《たちばな》の小島が崎とよぶ中之島に舟を止めた。

匂宮は常世《とこよ》ものの橘の常緑の茂りを眺めながら、この橘の緑のように二人の永遠のちぎりは変わることがないという歌を詠んだ。その時の浮舟の返歌。

たちばなの小島の色は変らじをこの浮舟ぞゆくへしられぬ
（橘の小島の緑は変わることはないのに、浮舟のような私はどこへ漂ってゆくのでしょう）

対岸の家で二人は打ち解けた二日間を過ごし、匂宮のこまやかな愛は浮舟の心に深くしみた。しかし、薫からも愛情深い手紙は届き、匂宮からも届く。ある日、匂宮と薫の使いが宇治で出会ってしまい、薫は匂宮と浮舟の間柄を知ってしまう。

侍女の右近は浮舟の乳母子で薫びいき、侍従は匂宮びいきである。それぞれの立場から浮舟の将来を思い進言するので、浮舟はいよいよ身と心を裂かれる思いであった。二人の男に愛された女が昔からそうだったように、浮舟は自分さえ空しくなれば、いやでも一切は解決がつくはずだと思いつめていくのだった。

第五十二帖　蜻蛉《かげろう》

はかない恋の蜻蛉

宇治では浮舟の俄《にわか》の失踪に困り果て戸惑いながら、情況から推察して川に投身したと考えるほかなかった。匂宮《におうのみや》は宇治につかわした使いの者から浮舟の死を知り衝撃を受けたが、右近らは亡骸《なきがら》のない浮舟の異常な死を世間に隠すため、葬送のことを取り急ぎ行うことにした。

薫らは石山寺に参籠《さんろう》していたため遅れてこのことを知り苦悩する。早速、匂宮を訪い浮舟との関係を探り、ひところ匂宮の病悩が伝えられた原因は浮舟にあったのだと思う。薫は浮舟の真実が知りたく宇治に出向き、匂宮と自分との間にあってどちらとも決めがたい愛に悩んだ浮舟を思い、入水《じゅすい》に追い込んだ自分の不手際を苦しく反省す

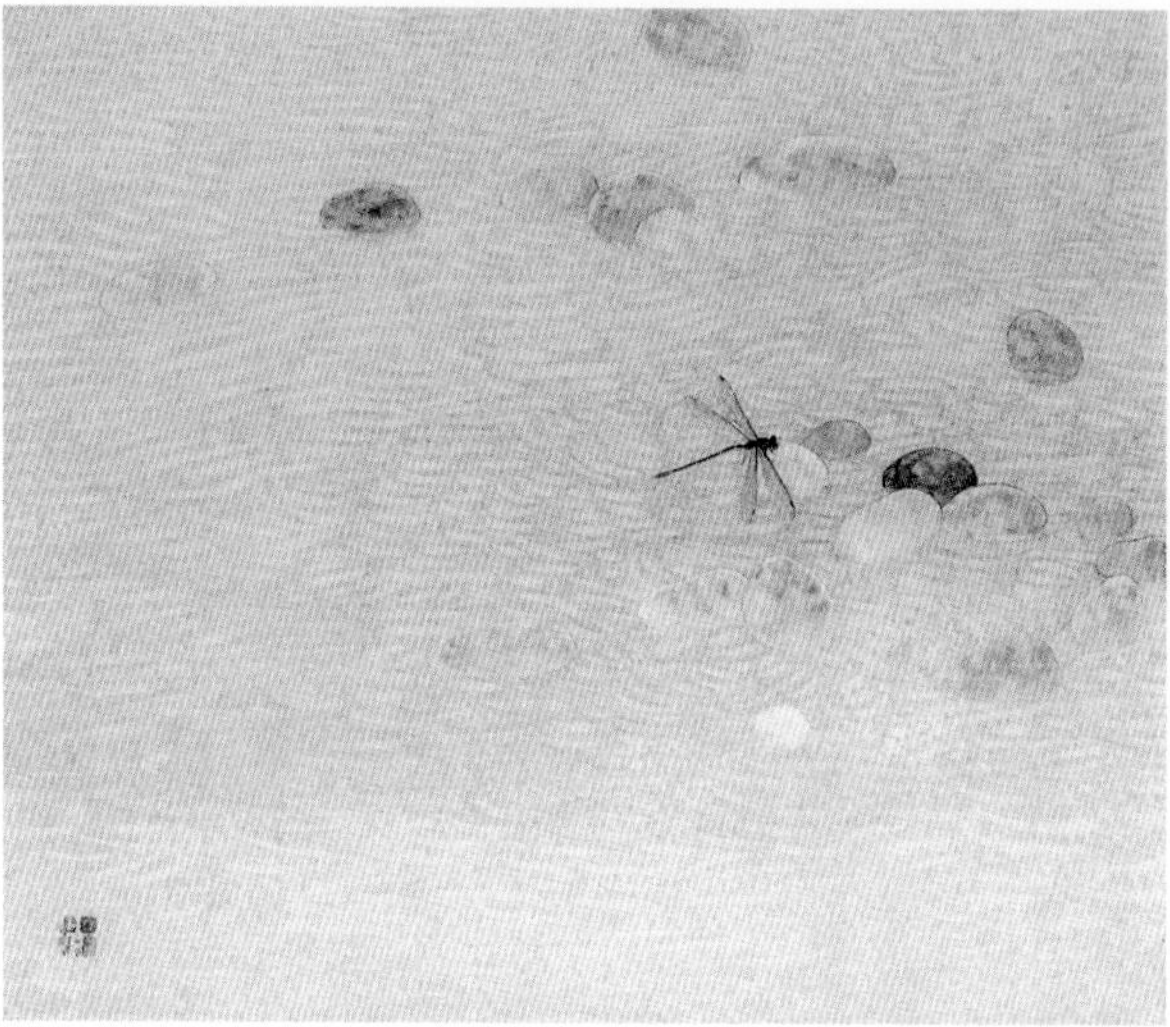

竹内浩一

竹内浩一氏は
宇治川の渚で静かに羽を休める
神霊のような
蜻蛉《かげろう》の姿を見、
浮舟を思い描かれたという。

るのだった。

匂宮と薫は、浮舟を失った心の空白を埋めがたく、身辺の女性に心を移してみるが一向に慰められない。そして蓮《はちす》の花の盛りの夏が来た。明石中宮は源氏や紫上を偲《しの》んで法華八講を催された。その結願《けちがん》の日はとても暑い日であったが、部屋の設《しつら》いを元へ戻すため障子なども開放されがちであった。薫はふと、女一宮の侍女たちが、御前で氷を割り、宮にもおすすめしている光景を隙見《すきみ》してしまう。

女一宮は妻の女二宮の姉である。白いうすものに身をつつみ、氷をもてはやす侍女たちをおもしろそうに眺めておられたが、それは妻に似ながらもいっそうすぐれているように思われた。帰邸した薫は女一宮のことが忘れられず、妻の二宮に同じようなうすものを着せ、侍女たちに氷を割らせ、ひそかな真似ごとを楽しんだ。

その頃、宇治八宮の御兄弟に当たる式部卿《しきぶきょう》の姫君が不遇に埋もれておられたが、中宮に出仕し、宮の君とよばれていた。匂宮はさびしさからこの宮の君に近づき、女一宮の侍女中将君《ちゅうじょうのきみ》にも関心をもった。薫はこんな匂宮に挑んで、浮舟を奪われた恨《うら》みを、匂宮が夢中になるような女性に言い寄って晴らしたいくらいだと思う。しかし、そんな女性はめったになく、中君《なかのきみ》が匂宮と自分との間をうまく保っている態度をさすがみごとだと思う。
薫は女一宮の面影を求めてそちら へ行ってみると、宮は中宮方へ渡って留守。あの宮の君がこの辺りに局していることを思い出して出向いてみた。宮の君に志のあるところを申し入れると、宮の君の若く魅力的な声を人づてともなく聞くことができた。薫は、ああこれがまた匂宮の思いの種子《たね》になるはずの人らしい、とかえって自重するのだった。思えば大君《おおいぎみ》を慕い、中君に魅《ひ》かれ、浮舟を失った恋のいきさつは、まことに人間のふしぎな宿縁を思わせるものばかりだった。

ありとみて手にはとられず見ればまたゆくへもしらず消えし蜻蛉　　薫
(身近に在りと見ながら手に入れられず、相見ることができたと思えば、たちまち消えてしまった。蜻蛉のようにはかなく恋しい人々よ)

第五十三帖 手習《てならい》

浮舟の出家

その頃、加持祈禱《かじきとう》の力ある横川《よかわ》のひじりとして知られた僧都《そうず》は、老母と妹の尼君を連れて長谷《はせ》に詣でていた。た帰路、母君の具合が悪くなり、折ふし宇治の院が空いていたのを幸い宿泊することになった。ふと、人気なく森のように茂った木の下を見ると、何か白いものが広がって見える。灯を近づけて見ると、つやつやした長い髪の女が木の根に寄って泣いているのだった。

人々は変化《へんげ》のものと思い真言を読みながら近づいてみると、僧都にはふつうの女人であることがわかった。とりあえず母君の手当てをして、この女人も遣戸口《やりどぐち》に寝かせておいたところ、妹の尼君が、夢に出てきた亡き娘の形見のように思い、薬湯《やくとう》などを

中路融人氏は浮舟の仏の国への憧《あこが》れを
月宮の円光《えんこう》によって示し、
それを宇治別荘の日々に重ね表現された。
出家の志を秘め
尼君と語らう浮舟である。

中路融人

飲ませていろいろ介抱する。しかし、やっと人心地ついても「生きていてもしかたない者ですから、どうぞ川へ捨ててください」などと言うばかり。だが妹尼君は女の美しい気品にただ人とは思えず、車に乗せて小野の里に連れ帰った。

その後、妹尼の懇願により、僧都が物の怪調伏の秘法を行うと、成仏できぬある法師の魂が取り憑いていた。その物の怪もやがて調伏されて女は本復する。これが浮舟であった。あの夜、人が寝静まってから妻戸《つまど》を開け放って出ると、風も烈《はげ》しく川波の音も荒かったが、物に襲われたような思いで漂い歩き、いっそ死んでしまおうと思いつめていると清らかな男が寄ってきた。それは匂宮《におうのみや》を思わせる観音の化身《けしん》であった。導かれここにたどりつき、失神していたのだという。

浮舟が回復するままに人々はその美しさに驚歎し、何者かとゆかしがった。妹尼は娘の形見のように大切にし、その婿であった中将と再婚してもおかしくないと思い、これは良縁だと思う。中将も浮舟の姿をかいま見るとたちまち心を奪われた。しかし浮舟はひたすら出家のことばかりを考えている。

ある時、妹尼君が長谷に赴いた留守に僧都が小野の里を訪問した。浮舟は決心して僧都に出家させてほしいと申し出る。僧都は軽率な出来心を戒めたが、浮舟の決意は固かった。そこで僧都は弟子の阿闍梨《あじゃり》を呼び、浮舟が几帳の綻《ほころ》びからかき出した美しい髪を切るように命じる。
僧都が尊い声で、「流転三界中　恩愛不能断　棄恩入無為　真実報恩者」と唱えるのに合わせ、阿闍梨はついにその黒髪を断ち切った。翌朝、浮舟は尼姿を恥じらいながら、手習いのように歌をかきつけた。

なきものに身をも人をも思ひつつ棄ててし世をぞさらに棄てつる
（この世に無かったことと、自分もあの方たちのことも忘れようと出奔《しゅっぽん》し、一度捨てたこの世を、今また出家することにより完全に棄《す》てる。そして、これで私の一切は終わったのだ）

と書いても、また自らの命運を哀れと思い、半生への思いは尽きないのであった。

第五十四帖 夢浮橋

ゆめのうきはし

薫と浮舟を隔てる霧

　薫は明石中宮の侍女小宰相《こざいしょう》から浮舟出家の真相を聞き、深い衝撃を受けた。そこで叡山《えいざん》に参ったついでのようにして横川の僧都を訪い詳しい事情を聞き出そうとする。僧都も隠しきれることでもないと思い一部始終をお話し申した。そこで薫は僧都に尼君たちの住む小野の里に、紹介の手紙を書いてもらい、浮舟の弟の小君《こぎみ》を伴って出掛けたのである。

　浮舟は深く繁った青葉の山に対《むか》って、紛れようもない思いを慰めようと、ただ遣水《やりみず》に飛ぶ蛍《ほたる》を眺めていたが、はるかの谷間《たにあい》にたくさんの火が浮かび前駆《ぜんく》の声が近づいて来るのを知った。尼君たちは珍しげにそれを眺めて、「僧都のもとに薫君さまがおい

大野俶嵩氏は、「この物語の最終の篇として　大野俶嵩
紫式部が求めていたであろう浄土の世界を、
一輪の『華』に託して描いてみた」と言われる。中世の歌人・定家が、
この最終巻名に思いをこめて詠んだ一首をあげて終わりとしよう。
「春の夜の夢の浮橋とだえして峰に別るる横雲の空」

でになったとか言いますけど、それはあの女二宮の御夫君だったかしら」などと語り合っている。浮舟にはその前駆の声にさえ聞き覚えがあり、ただならぬ思いである。

尼君のもとにはあらかじめ僧都からの紹介があったので、小君が持ってきた浮舟宛の僧都の手紙を開いて見る。中には「——出家されたことがかえって仏の咎《とが》をうけかねないことのようで困りました。やはり元どおり夫婦のちぎりを結ばれ、薫君の愛執《あいしゅう》の罪を晴らしてあげてはいかがでしょう。出家なさった功徳《くどく》は一日でも尊いことですから、それはそれでよいのです」などとある。

浮舟は簾《すだれ》越しに小君の姿を見て、何より母君のことを聞きたく思ったが、やはり今は、こうした恩愛の絆《きずな》にかかわる立場ではないと思い切る。尼君たちはこの強情さに呆《あき》れながら、小君と浮舟との間を隔てている几帳のそばに小君を押しつけるようにしたので、小君はその気配を悟ってやっと薫の手紙を手渡すことができた。

「法《のり》の師とたづぬる道をしるべにておもはぬ山にふみまどふかな

(仏法の師としてお尋ねした僧都にみちびかれ、思いもよらぬ恋の山路にふみまようことです)

この小君をお忘れですか、私はあなたの形見としてお世話していますのに」

浮舟はさすがに耐えがたく泣き伏したが、なお心強く、「昔のことは思い出せません。このお手紙も人違いかもしれませんので、どうぞ元へお戻しください」と言う。小君は「わざわざ弟の私を使いに立てられたしるしに、何か一言でも」と言うが、浮舟の言葉はついに聞くことができなかった。

今か今かと待っていた薫も、この中途半端な小君の報告に、ただ当てどなく複雑な推量や、物思いの種ばかりが胸に湧いて、浮舟との間は深い霧に隔てられてゆくような思いであった。

（了）

文庫版あとがき

この本は二〇〇四年三月に潮出版社から刊行されたものである。成り立ちについて少し説明しておきたい。はじまりは、香老舗 松栄堂が、法人設立五十周年の記念事業として、『源氏物語』五十四帖《じょう》の物語の絵を揃《そろ》えたいと企画されたものである。そこで当時の京都画壇で活躍しておられた日本画家五十四人の方々に依頼して執筆いただいたのが、本書の中心をなす五十四枚の絵ということになる。

各画伯はその『源氏物語』への接近を必ずしも平安絵巻的な風俗に縛《しば》られず、各々の心に浮かんだイメージを時代を超えて自由に描いておられる。その趣《おもむ》きも楽しみながらご覧いただきたい。

さて物語五十四帖の方に話を移すと、掌編という性格上、一帖につき千二百字前後という制約が生まれ、ストーリーの大筋の進行は見えても、各人物の心情に立ち入って書かれたこまやかな言葉の微妙さや、背後に動く政界の意志や葛藤《かっとう》などを含んだ言葉のはしばしや、その面白さや苦《にが》さまでは筋の進行に織り込むことは出来ていない。

たとえば桐壺《きりつぼ》では、十二歳の少年光源氏《ひかるげんじ》の元服《げんぷく》姿が描かれている。気品高い一人の少年の未来が、その名のとおり光あるものであったかどうかは『源氏物語』の大きなテーマである。母系の力が潰滅《かいめつ》している賜姓《しせい》の源氏は、元服と同時に臣籍《じんせき》に降るほかなく、その場合貴族の中でも第一の権力者藤原《ふじわら》左大臣の婿《むこ》となるほかない。

この、まだ充分に幼さの残る主人公源氏にとって第一の不運は、正室と定められた左大臣家の一の姫、葵上《あおいのうえ》を愛せなかったことである。青年として成長するままに、母の面影を求めて父帝の寵妃藤壺《ちょうきふじつぼ》を犯《おか》し、前東宮妃六条御息所《ろくじょうのみやすんどころ》と深交を重ね、その人生の折々に女人の情への内省をうながす。これに加えて源氏の青春を彩《いろど》る女性は、巻の名とされたものを数えても空蟬《うつせみ》、夕顔《ゆうがお》、若紫《わかむらさき》、末摘花《すえつむはな》、朧月夜《おぼろづきよ》、花散里《はなちるさと》などがある。

なかでも政敵右大臣家の姫君で、東宮妃にそなわるべき朧月夜との逢瀬《おうせ》は右大臣に発見され、左大臣家に大きな翳《かげ》を落す。源氏は自ら須磨に引退して政局を安定させるほかなかった。ここで源氏は明石《あかし》入道という者に扶《たす》けられ、その女《むすめ》明石の君と出会う。そして、のちに明石中宮となる姫が生れた。明石から都に帰還してからの源氏は位も上がり、世の重鎮としてなくてはならぬ人となっていく。源氏は青春に出会った女性を一人ひとり丁寧にお世話して、ついには六条院という大邸宅にそれぞれの部屋を設けてすべての女性に移り住んでいただこうと計画する。

中年の源氏は人生の計画にある程度満足できるかと思っていたが、そのころ、若き日の失態として急死させてしまった夕顔の忘れがたみが筑紫《つくし》で成長し、乳母《めのと》に伴《とも》なわれ上京してきたのだ。今は内大臣となった昔の頭中将《とうのちゅうじょう》と夕顔の間に生れた女《むすめ》ということになる。玉鬘《たまかずら》である。あまりの美貌に驚きながら、やがてはその虜《とりこ》になる。源氏は内大臣に秘め、自ら親代わりとして面倒をみることになるが、許されぬ中年の恋の苦しみは蛍《ほたる》、常夏《とこなつ》、篝火《かがりび》の帖などを中心に、その運命の変転を楽しませる物語をなしている。

またこのあと、若菜《わかな》（上）、若菜（下）から柏木《かしわぎ》にかけて、源氏は若き日に犯した藤壺とのあやまちを、如実《にょじつ》にわが身の上に味わうことになる。まさに運命的な現実の苦悩は誰に打ちあけることも出来ないものであった。簡潔にいえば、源氏の異母兄朱雀院《すざくいん》が、退位し出家する意向を持たれた時、その末女《すえむすめ》である女三宮《おんなさんのみや》の人生を托《たく》す人物がみつからず、まだ少女のような姫宮ながら、その長い生涯は源氏以外に托し得ないと説得され、初老の源氏に降嫁《こうか》してきたのである。ところがこの三宮に内大臣の息子柏木が思いを寄せ、ついに女三宮は柏木の子を産む。のちの主人公の一人、薫《かおる》である。しかしこれはまさに密通であり、源氏としては世間に顔向けできない恥であるから、表向きは何事もなく、源氏の末子としその誕生は多くの人に祝われなければならなかった。わが子ならぬその嬰児《えいじ》を抱いて祝宴に臨《のぞ》む源氏の心中はいかばかりであったろうか。

ところで『源氏物語』の終り十帖を「宇治《うじ》十帖」と呼びならわしている。新しい物語のはじまりである。ここでの主人公は、女三宮と柏木の間に生まれて源氏の末子とされた薫と、明石中宮《あかしのちゅうぐう》が産んだ匂宮《におうのみや》である。そのころ宇治に隠棲《いんせい》していた桐壺帝八宮《はちのみや》の女大君《むすめおおいぎみ》と中君《なかのきみ》、異母妹浮舟《うきふね》をめぐる恋の争いの物語だ。二人の男性の愛に対して、浮舟はいずれをも選びきれず、懊悶《のうもん》の末、宇治川に投身する顚末《てんまつ》と、半死の姿を僧に発見され、救済されたが、やがて出家するまでの苦悩が描かれる。

『源氏物語』の概要を桐壺からずっとたどってくると、さまざまな物語の糸が絡《から》みあい、累積してゆく重厚さとともに煩雑《はんざつ》な人間関係に目眩《めくら》む思いがあるであろう。しかし、もし原文で何帖かでも読む機会があれば、紫式部《むらさきしきぶ》は所どころに文学論、芸術論、人生への思いなども、はっとするほど鮮《あざ》やかに語っている点にも注目してもらいたい。女人の読み物と考えられていた物語は、ついに一条天皇をはじめとする貴族の男性を読者として獲得し、今日では世界に冠たる作品と認めさせた力はたいへんなものだったといえる。

その卓見を一つだけ挙《あ》げておこう。蛍の帖では物語論が展開されているが、源氏はその結語として、「日本紀などはただかたそばぞかし」と言い放ち、女たちを喜ばせた。日本紀（日本書紀）とは帝紀であり歴史書である。天皇の代ごとの事跡がかかれているのであり、創作や詩歌《しいか》文芸の言葉はない。それに対して、生きた人間というものがありありと見えるのは、物語であるという。千年も前に書かれたこの物語に多くの人が直接ふれる日があることを願ってやまない。

二〇二四年一月

馬場あき子

◎本書は二〇〇四年三月に小社より刊行された単行本を文庫化したものです。
◎本書に収録された「現代の源氏物語絵」は、香老舗 松栄堂が法人設立五十周年の記念事業として、『源氏物語』五十四帖の各物語をテーマに、京都画壇で活躍される日本画家五十四名に依頼し、でき上がった貴重な作品群です。
◎引用歌は『新日本古典文学大系・源氏物語　一〜五』（岩波書店）に拠り、表記は読みやすいよう恣意に基づいています。

馬場あき子（ばば・あきこ）
1928年、東京に生まれる。昭和女子大学卒業。短歌結社「かりん」主宰。早くから歌人として活躍するとともに評論においても現代短歌だけでなく、古典や能など他方面にわたる著作をもつ。歌集に『青い夜のことば』『混沌の鬱』『馬場あき子全歌集』など多数。評論に『鬼の研究』『源氏物語と能――雅びから幽玄の世界へ』『与謝野晶子論』などがあり、『歌説話の世界』では紫式部賞受賞。日本藝術院会員。文化功労者。2021年、旭日中綬章受章。

掌編　源氏物語

潮文庫　は－4

2024年　3月20日　初版発行

著　者　馬場あき子
発行者　南 晋三
発行所　株式会社潮出版社
〒102-8110
東京都千代田区一番町6　一番町SQUARE
電　話　03-3230-0781（編集）
03-3230-0741（営業）
振替口座　00150-5-61090
印刷・製本　中央精版印刷株式会社
デザイン　多田和博

ISBN978-4-267-02417-7 C0195